次

第一話　潮騒　7
第二話　雨の声　80
第三話　別れ蟬　182

浄瑠璃長屋春秋記　潮騒

第一話　潮騒

一

義父狭山作左衛門の墓は、浅草の新寺町通りにある『安養寺』にあった。

安養寺は平山藩主津田大和守の菩提寺でもあり、江戸で勤務する藩士たちが亡くなると、皆この寺に葬られている。

青柳新八郎が安養寺を訪れたのは、寺の横手に広がる墓地の桜が、遠くから眺めると白い雲か霞のように見える頃だった。

花は満開を過ぎ、風が発つたびに花弁があたりにはらはらと散り落ちていた。

新八郎はその中を、ゆっくりと作左衛門の墓に向かって歩んで行く。

作左衛門の墓は墓地の中ほどにある。新八郎は、辺りの墓を見るとはなしに見ながら進んだ。

ある墓には、新しい卒塔婆が立ち、花も供えてあり、しかしある墓の周囲には、びっしりと雑草が根を張り巡らしていたりする。

新八郎は盆暮れと彼岸、それに命日にここに来る。

来れば周りを掃除して、線香をたむけている。

作左衛門は失踪した妻志野の養父であり、新八郎にとっては舅、新八郎の父親とは無二の親友だった人である。

それだけに疎かには出来なかった。

志野が生きていれば、育ててもらった恩を感じて、墓参りはねんごろにする筈だと思っている。

実は舅作左衛門の墓に参るのは、ひょっとして志野が、この寺にやってきてはいないかという期待もあるのである。

四年前のことである。

青柳新八郎は、陸奥国平山藩五万石の国元で御納戸役を拝命し、禄高七十石を賜っていた。

志野を娶(めと)って一子千太郎(せんたろう)も生(な)したが、その子が五歳で亡くなったのち、定府勤めだった志野の養父の作左衛門が亡くなったと連絡を受けた。

志野が家を出たのはその直後だった。

離縁を望んで家を出たとか、姿を隠したとかいう話ではなかった。

隣家の妻女の話では、江戸言葉を使う見たこともない商人体の男が志野を訪ねて来ていたというから、推測するところ、志野はとるものもとりあえず、その男に従って外出したようである。

最初は養父の死がそうさせたのかと思っていたが、何かの事件に巻き込まれたのではないか……新八郎はそう思うようになった。

他の理由は考えられなかったからである。

——そういうことならば、放ってはおけぬ。

新八郎は一大決心をして、藩主に事の次第を説明し、家督(かとく)を弟に譲ることの許可を得て、この江戸にやって来たのだ。

昨年には弟万之助(まんのすけ)が出府してきて、国境(くにざかい)で起きたさる事件に志野がなんらかのかかわりを持っていたのではないかと言ってきた。

その事件というのは、幕吏（ばくり）に追われていた気鋭の蘭学者野田玄哲（のだげんてつ）が病に倒れ、国境で養生していたところを幕吏に捕まったというのだが、その蘭学者を介抱していた女人が志野ではないかと、弟の万之助はそう言うのであった。

蘭学の『ら』の字も、志野の暮らしからは見えなかった。まさかとは思ったが、ひとつの手掛かりにはなった。

やみくもに志野を追うより、ひとつ、志野に繋（つな）がる何かが見えれば、また次の手を打つこともできる。

実際志野の姿を、この江戸で見かけたという者もおり、国境の事件の後に、この江戸に出て来たと考えれば符合する。

ならばいつかこの父の墓にも詣でるのではないか、新八郎にはそんな思いがあったのだ。

しかし、何度ここを訪れても、自分の他に人の参ったという気配はなかった。

——あの養子殿も……。

狭山家の養子となり家督を譲り受けた弦之丞（げんのじょう）でさえ、墓に参っている気配は無いのであった。

──親父殿、きっと志野は捜し出しますぞ、ご安心を……。

新八郎が手を合わせて拝んでいると、背後ですすり泣く声がする。

振り返ると、初老の町家の女が、墓に取りすがるようにして泣いていた。

いつ止むともしれないその悲嘆のさまを気遣いながら、新八郎が踵を返そうとしたその時、寺の方から若い僧が走って来て、その女のもとにしゃがみこんで声をかけた。

まもなく、初老の女は若い僧に抱き抱えられるようにして、新八郎が立っている小道に、よろよろと出て来た。

身に着けているものから、大店の妻女かと思われた。

新八郎の前を過ぎる時、俯けていた横顔をちらと見せたが、その頰は寂しげだった。

「娘さんを亡くされたのだ」

声に釣られて振り向くと、安養寺の和尚が立っていた。

「これは、和尚」

「青柳様、残念ながら、まだここには参られてはおらぬようです」

和尚は気の毒そうな顔をした。

和尚は志野の事を言っている。

新八郎が江戸に出てきてこの寺に参った時、恥を忍んで和尚には志野失踪の仔細を述べている。

以来、和尚は志野が姿を見せるかどうか、心にとめてくれているのであった。

「かたじけない。和尚には恩にきます」

「何、わしもこの季節になると、狭山様を懐かしく思い出すのじゃ。御先代様のお墓参りだと申して、この季節になるとこの寺に参られてな。桜の花弁を盃に受けながら酒を酌み交わしたものじゃ。無骨者のようで風流な人でござった。娘御が行き方知れずでは、墓の下でおちおちしてもおられまい」

和尚は苦笑して言った。

「和尚……」

「志野殿はきっとここに参る。わしはそう信じておる」

和尚は、神妙な顔に戻して、手を合わせた。

新八郎が寺を辞したのは半刻後のことだった。

藩主家の墓に手を合わせ、庫裏で茶を喫し、寺の石畳を踏んで正門に向かってい
ると昼九ツの鐘が鳴った。

腹がすいていた。急に何か食したくなって、門前に小屋掛けの水茶屋があったの
を思い出した新八郎は、

——団子で小腹を騙して帰るか……。

生暖かい風に背中を押されるように中に入った。

「あっ……」

新八郎を見て、小さな声を上げた者がいる。

先刻墓地で見かけた、あの妻女だった。

新八郎も頷き返し、どこに掛けようかと迷っていると、

「こちらが空いております」

妻女が言った。

「どうも……」

新八郎が恐縮しながら側に掛けると、

「先ほどは……お恥ずかしいところをお見せして」

妻女は頭を下げ、自分は日本橋にある呉服屋『佐原屋』の内儀でおいねだと言った。

「いやいや……親しい者を亡くした者の悲しみは、なかなか癒えるものではござらぬと聞いている、恥じることはない」

「お武家様はどなた様のお参りに……」

「舅殿でござる」

自分は青柳という者だと名乗った。

「それはそれは……そうですか、お舅様の」

妻女はしみじみとした吐息を吐いた。

新八郎に警戒の色さえ見せぬのは、墓参りに来た者同士という安心感からのようだった。

新八郎にしたって、そこいらの道で出会った者という気はしない。

心の、見えぬところで哀しみを共有しているように思えるから不思議である。

おいねは、ぽつりと言った。

「実は、一人娘を失いましてね」

「ほう……」

先ほど和尚に聞いていたが、初めて聞いたように相槌を打った。

いや、それよりも、故人の話を持ち出して、またあの墓地の前のような次第にならないかと、内心ひやりとして妻女を見返したが、妻女は先程とは違い案外平静の様子であった。

妻女は顔を上げ、遠くの家並みを眺めて言った。

「娘が亡くなってもう三年になるのですが、何年たっても悔いが残りましてね、だって娘の死は、私たち夫婦が招いたようなものですから……」

「何があったのか知らぬが、娘御ももう、許してくれているのではないかな」

「ええ……でも」

妻女は頷いて茶を喫した。思案しながら、もうひとくち、口に含むと、

「お武家様」

何かにつき動かされたように言った。

「私どもの娘の名はおはつと申しましてね。先に倅が一人生まれてはおりましたが、もう駄目かと諦めていたところに生まれた待望の娘でした。夫も私も嬉しくて、目の中に入れても痛くない、そんな言葉は私たち夫婦にあるような、それほど可愛がって育てた娘でした」

「………」

「娘ざかりを迎えました十八の頃、三年前のことでございますが、そろそろ嫁入り先を決めなければと考えていた矢先、おはつから心に決めた人がいるのだと言われまして……もう、肝をつぶすほどびっくりしました。親の私が言うのもなんですが、おはつの評判はよくて、大店の、名のある御店から幾つも縁談が持ち込まれておりました。いずれの先様も甲乙つけがたく、後はおはつの意思に任せようと思っていたところ、好きな人がいるというのです。親の私たちがすすめる人ではないことは明らかでした。おそるおそる聞いてみますと、好きな人とは手代の美濃吉だというのです」

おいね夫婦は、のっけから反対した。

美濃吉の実家が土地も持てない、水呑み百姓だったからである。

これ以上娘に近付くと店を出ていって貰うと、美濃吉に厳しい引導を渡したが、おはつの方がいうことを聞かなかった。

美濃吉にひどいことをすれば、舌を噛み切って死ぬなどという。

美濃吉に店を辞めさせることもできずにいたある日のこと、集金した三十五両が入った金袋ひとつが無くなっているのに気が付いた。

そんな折、番頭が前日美濃吉とおはつが駆け落ちする算段をしていたと耳打ちしてきたのである。

美濃吉は外出中だったが、すぐさま美濃吉の持ち物が調べられた。

衣類の中に、晒の布切れに包んだ十両が出てきた。

それを、おいねたちは金袋の中からくすねたものだと勝手に決めて、懇意の同心に届け出て追っ手をかけたのである。

美濃吉はいち早く察知して逃げたらしく、奉行所の網にはひっかからなかった。

おはつは懸命になって、あの金は美濃さんが今まで貯めたお金だと美濃吉を庇って泣いた。

騒動からひと月後、金袋は商品の箱の中から出てきたのである。

金の袋が無くなった当日は、商品の入れ替えで店の中はごったがえしていたのである。誰の頭の中にも、金の袋をうっかり商品の箱の中に落としてしまったなどという記憶は無かったが、ともかく美濃吉は無罪だという事は確かだった。

おいね夫婦は、事件の取下げを申し出た。

だがおはつは、もうもとのおはつには戻らなかったのである。おはつは衰弱していった。食を受け付けず、医者をつけたが薬も飲まず、

「このままでは死んでしまう。私たちは美濃吉を捜し出して、きっと夫婦にさせるからとおはつに申しましたけれど、もう体は後戻りできないところまできていたのです。娘は悔し涙を流しながら衰弱して亡くなりました。私たちが殺したようなものでございます」

おいねは静かに涙をぬぐった。

「…………」

「せめて行方(ゆくえ)知れずになっている美濃吉でも見つかれば、詫(わ)びの一つも入れられますのに……そうすれば、娘の供養(くよう)にもなりますもの……それにね、私たちの気持ちも、少しは軽くなるのではと思っているのですが……」

おいねは、深いためいきをついた。

新八郎には、かける言葉が見つからなかった。

ただ相槌を打ちながらも、かくも悲しい話もあるものかと、おはつと美濃吉に思いを馳せ、また、おいね夫婦の心痛を思いやった。

「本日は思いがけず、胸のうちを聞いて頂き、心が少し軽くなったように思います。日本橋にお出かけの折には、是非にもお立ち寄り下さいませ」

おいねはそう言うと、迎えにきた町駕籠に乗った。

水茶屋を後にした新八郎も、なぜか、ほんの少し心が軽くなっているのに、気づいていた。

二

「これはこれは青柳様、どうやら、よろず相談の看板は、あまりお役にたっていないようでございますね」

米沢町の口入れ屋『大黒屋』の主金兵衛は、たぬきとも狐ともつかぬ顔で、犬のように黒い鼻先をひくひくさせると、にやりとして言った。

「まっ、そんなところだ。よろしく頼む」

新八郎は、上がり框に腰を据えた。

金兵衛の言う通り、大黒屋に顔を出すのは久し振りだった。

志野の行方を追って、野田玄哲なる蘭学者に繋がる人物を捜すのにかまけて、ささいな手内職で喰いつないできたが、昨日の墓参りで、もう懐に金はない。

一刻も早く仕事が欲しかった。

「ご自分でご勝手にどうぞ」

金兵衛は、手前にある盆を突き出した。

盆の上には急須と湯飲み茶碗と、茶葉の入った茶筒が載っている。

框に座れば、手の届くところに火鉢があって、そこに湯が沸いているから、客は勝手に茶を淹れて飲んでくれというのである。

新八郎は、盆を引き寄せて茶を淹れた。

店は全体にすすけているように古いのだが、この盆の上に載っている茶碗は、くもり一つも無い程に磨かれていて気持ちがいい。

金兵衛の女房おらくが綺麗好きで、客が湯飲みを使うたびに灰で磨いているらしい。

目の前のむさ苦しい金兵衛とは、どう考えても似ても似つかぬ女房らしいが、滅多に店には出てこないらしく、新八郎も会ったことはない。

女房の話は、この大黒屋を紹介してくれた浪人八雲多聞から聞いたものである。

「うまい茶だ」

新八郎は一服して言った。

本当のところ、茶がうまいかまずいか言う前に、このところ米櫃に一粒の米もないような有様で、湯ばかり飲んでいて茶の葉は切れていて家にはなかった。

昨日浅草の水茶屋で、茶を飲み、団子を食べたが、それが久し振りに飲んだ茶の味だった。

「これなどは、いかがでしょうか」

金兵衛は、鼻をひくひくさせて、口入れの紙をひらりと見せた。

「さる大店のご隠居の警固でございますよ」

「警固か……何か仔細があってのことかな」

「いえいえ、私が聞いた話では、ずいぶんとご隠居の物忘れがひどくなったようなのですが、二日に一度は外に出たがっていうことを聞かない。仕方がないから、外出の折には警固をつけたいと、まあ、そういうことです。警固は念の為ですよ。何かが起きてからでは取り返しがつきませんからね」

「ふむ。して、手当てはいかほどか」

「一度の外出に一分ということですから、おおよそ月にして三両ほどになりますか」

金兵衛が口入れの紙をよこしたその時、

「ちょいと待った。待ってくれ」

八雲多聞が飛び込んで来た。

「待て待て、月にして三両だと……金兵衛、その仕事、俺に回してくれ」

「おい多聞、それはないだろう。仕事なら他にもある。そうだな、金兵衛」

「ええ、あるにはありますが」

「そんな気楽な仕事で、月に三両というのは、そうそうあるものではない。な、金兵衛」

多聞は畳みかける。

「しかしですね、仕事は早い者勝ちです。八雲様、あなた様の言い分だけを聞くわけには参りません」

「またまた、冷たいことを言う。人助けじゃないか、ん、そうだろ。俺にはガキが三人もいるのだ。体の弱い女房もいる。それに比べてこっちは一人だ。気楽な暮らしだ」

新八郎は、こっちの気楽者にされて、むっとした。

しかし、多聞は人の気持ちなどそっちのけで、

「新八郎、恩にきるぞ。すまぬな、いやいやすまぬ」

ちゃっかり、もう仕事は譲ってもらったといわんばかりである。

いつもはいい加減な男に見える多聞だが、こんな時の図々(ずうずう)しさと迫力は凄(すさ)まじい。

「わかった。おぬしに譲ろう」

新八郎は、渋々多聞の言うことを了承した。

「この通り」

多聞は改めて両手を合わせると、にこりとして新八郎を見た。

「分かりました。青柳様がよろしいとおっしゃるのならいいでしょう。では八雲様にはこの仕事を……これに拇印を下さいまし」

　金兵衛は、紙を多聞の前に置いた。そして、

「さて、それでは、青柳様でございますが、安藤仁右衛門と申される大御番衆のご依頼でございますが……」

　金兵衛は、そこで言葉を切って新八郎を見た。

「何だ、仕事の中身を話してくれ。大御番衆といえば旗本だな」

「はい。それはそうですが、家禄二百石のお家柄、多額の手間賃は望まないほうがよろしいかと」

　気の毒そうな顔をする。

「仕事は何だ」

「詳しいことは申しませんでしたな。娘を取り戻したいとか何とか」

「何……」

「男と駆け落ちでもしたんじゃないのか。腕ずくで引っ張ってくればいい」

　多聞は横から無責任なことを言う。

「どう致します。他には溝さらいと……そうですね、猫捜し……いずれも青柳様にお願いするのもどうかと存じますが……またにしますか」

「いや、正直なところ俺も手元が不如意でな、すぐにでも仕事がほしい。その旗本某の仕事を受けよう」

「さようでございますか。さすがは青柳様、お仕事を選り好みしないところがよろしいですな」

金兵衛は、ちらりと多聞を見て、指をぺろりと嘗めると、紙一枚を引き抜いて、新八郎の前に突き出した。

――気乗りはしないが、背に腹はかえられぬ。

新八郎が、大黒屋から請け負った仕事先の、安藤仁右衛門の屋敷を訪ねたのは翌日のことだった。

屋敷は小石川にある加賀藩上屋敷の南側にあった。

主の仁右衛門も丁度非番の日だったようで、新八郎が客間に案内されると、やがて内儀ともどもも座敷に姿を現した。

仁右衛門は気弱そうな風情の男だったが、妻の方は、着物の裾を捌いて座ったその所作からも、勝ち気な性格が表れていた。

奉公人は新八郎を案内した下男一人のようで、茶を運んで来たのも、その下男だった。

下男が下がると庭内は鳥の鳴く気配もなく、しんとしている。

「青柳新八郎と申す」

新八郎がまず挨拶をした。

すると、安藤夫婦も慌てて名を告げた。主の名は分かっていたが、内儀は政代と名乗った。

「して、大黒屋からは娘御を取り戻す仕事と聞いて参ったが……」

新八郎は、夫婦の顔を交互に見た。

「そのことじゃが、この一件、内密に願いたい。約束してくれるな」

主の仁右衛門が妻の顔をうかがいながら口火を切ると、後は政代が話を取った。

「実は一年と少し前の話からしなければなりませんが、夫はずっと無役でございました。先代からそうでございましたから、私も諦めてはおりましたが、御小普請奉行様に盆暮れのご挨拶は欠かさずしてまいりましたところ、突然大御番衆へのとりたてがございまして、苦労の甲斐もあったものだと、娘ともども喜んでおりました。ところがです。のっけから上方在番だと申し渡されまして……」

大御番衆は十二組あるが、上方はそのうち四組が勤める。京勤めも大坂勤めも一年で交替することになっているが、通常は江戸の本丸、二の丸の御番を五年ほど勤めた後、上方勤務が回ってくる。

ところが、安藤の場合、上方に向かう組に欠員が出来たのかどうか、即刻上方行きと決まったのである。

ただ一人赴任すればいいというものではない。

番方は軍役を賜ったと考えねばならず、戦の時に引き連れて参じる家来を、家禄によって揃えなければならないのである。

安藤仁右衛門の場合は少なくても、具足櫃持ち、槍持ち、長持ちなど四、五人を引き連れなくてはならない。

金のいることは、それればかりではない。

上方の暮らしは、見るもの聞くものの目を見張るようなものばかりで、人とのつきあい、物見遊山の金も勘定すると、江戸で暮らすような訳にはいかないと聞いていた。

だからこそ、上方勤めにはお上から二百石の加増があるのだが、安藤家の場合、そもそも出立する費用さえ無かったのである。

逆さにしても鼻血も出ないというほどの、苦しい暮らしをずっと続けていたのである。四人も五人も供を連れていける訳がない。

とはいえ、この軍役を忌避することは、直参としてあるまじきことだと叱責を受けるばかりか、お家の存続が危ぶまれる。

苦しみ抜いた揚げ句、安藤夫婦は、一人娘の菊野を新宿の茶屋に奉公に出し、それをカタにして二十五両を茶屋から借りた。

茶屋の主には、借金を返せなかったら、娘はどこへなりと、なんなりとしてくれていいという証文も書いて渡した。

——なに、上方に行けばなんとかなる。

そう思っていたのである。

ところが、着任してみると、やはり見るもの聞くもの物珍しい。

せめてこれだけは見ておきたい。これだけは手に入れたいと言っているうちに、借りた金も、加増された禄も使い果たして、無一文になって江戸に戻って来たのであった。

茶屋に借りていた金は、びた一文返せない状況に陥っていた。

浪人が娘を売ったという話はあるが、れっきとした大御番衆が娘を借金のカタにしたと外に知れれば、改易も覚悟しなければならない。

「それでですね……」

政代は、そこまで話すと、ひとつ大きな溜め息をついて言った。

「お金の貸し借りの仲介をしているお人に相談したのでございますよ、お濃というお人なんですけどね。すると、こちらの望む通り、二十五両を融通してくれまして、ええ、そのお金は、お濃という人が出してくれまして、やっと菊野は茶屋から解放されたのです。ところがです。今度はそのお濃という人が、菊野はわたくしどもには帰せない、菊野は質種だから二十五両持って来たら帰してやるなどと申しましてね、それで恥をしのんであなたにお願いすることにしたのです」

「奥方」

「はい」

　突然新八郎に声をかけられた政代は、きょとんとして、新八郎を見た。

「娘御を取り戻したい気持ちは分かるが、今までの話を聞いたところでは、少々虫が良すぎるのではないかな」

「わたくしどもがでございますか」

「さよう」

「…………」

「向こうは二十五両持ってくれば娘御は帰すと言っているのであろう。何も無理を言ってきているのではない。娘御が余所にやられなかっただけでも良しと思わねばならぬのに、金も返さず娘を帰してくれというのは、いかにも身勝手」

「菊野には、いい縁談があるのでございます」

「何……」

「まさか菊野が借金のカタにとられていて、この家にはいないなどと、先方にどうして申し上げることが出来るでしょうか。そうでございましょ」

「しかし無理だろうな、取り戻すのは……どうやら俺の手には余るようだ。すまぬが他を当たってくれ」

あまりの身勝手さにあきれ果てて、新八郎が膝(ひざ)を起こすと、

「お待ち下さいませ。せめて、せめてあの子の無事を確かめてきて頂けないでしょうか」

政代が膝を進めてきて言った。

「無事を確かめるだけなら、まあ……」

「お願い致します。青柳様」

政代は悲壮な顔で迫って来る。

「うむ。無事を確かめるだけですぞ」

新八郎は、渋々だが首を縦に振った。

三

「ちょいとお待ちなさいな、旦那(だんな)……申し上げにくいのですが、借りたものは返す。それを肝に銘じて頂けないことには、お世話できませんね」

隣室から、新八郎がいる座敷に、お濃という女の声が聞こえてくる。作ったような裏声だった。

どうやら相手は武家で、それも御家人のようである。

妻が病気で薬代がかさみ、十両の金を借りたいのだと客は言っていた。

しかし、お濃の答えは手きびしかった。

どうやら以前に、武家は同じ理由でさる金貸しから借金をしていて、それが滞(とどこお)っているらしい。

お濃は、前の借金も返せていないのに、この上借りては始末をつけられなくなる……そう諭(さと)しているのであった。

「そこをなんとか……いざという時には、御家人株を売ってでも、金は作る。後生だ」

武家の必死にすがる声が聞こえてきた。

「じゃ、証文を書いていただけますか」

「むろんだ」

「分かりました。じゃ三日後、もう一度いらして下さいまし」

「承知した。恩にきる」

着物の擦れる音がして、戸を開けて、男の足音が遠ざかった。

新八郎は、そんな隣室の一部始終を、庭に芽吹いた柔らかい草木の緑を見ながら聞いていた。

お濃の家は、神田の相生町にあった。

商家の別宅のような小綺麗な家で、離れもあり、庭は広くはないが手入れが行き届いていた。

女一代、成功した人に相応しい家だった。

隣室に再び足音が立った。

新八郎は、気配を感じて手にあった茶碗を置いた。

「お待たせ致しました」

化粧の濃い女が、着物の裾を引いて入ってきた。

地色は利休茶だが、春の草花を大胆に散らした着物を着ていて、見るからに派手派手しい。

年齢は年増の域とは思えるのだが、しかとした歳は新八郎には分からなかった。

「さて、菊野さんの顔を見たいとか申されましたが、茶屋時代の御馴染みさんでございますか」

「いやいやそうではござらん。実はな……」

新八郎は、包み隠さず、この家を訪ねてきた訳をお濃に告げた。

「俺は無事を確かめればそれでいいのだ」

「承知いたしました。ただいま菊野さんに会って頂きます。それにしても青柳様、お旗本といえば将軍様の直臣ですよ。武士の誇りはもう失せたものでございましょうか。なんのための二本差しでございましょう」

「お濃、あまり厳しいことを言うものではない」

「だってそうでございましょ」

「娘不憫さゆえの親心だ」

「そうでしょうか。そんなに娘さんのことをお考えなら、なぜ、私の名を騙って、あちらこちらで借金をしているのでございましょう」

「名を騙る?……何の話だ」

「おや、何も聞いてはいらっしゃらないのでございますね。奥方の政代様は、私の名の、お濃の名を騙って、両替商一件、質物商一件、座頭一件、しめて六十五両、借金をしております」

「まことか」

新八郎は目を剝いた。

「なんなら証文をおみせしますよ。まったく、私は身に覚えもない、借りてもいない借金まで払わされているんですよ。どうして菊野さんを帰すことができるでしょうか」

「…………」

「あまりといえばあまりの話、しかるべきところに訴えてもよろしいのですよ」

「まあ待て、一度会ってきちんと話してみたらどうだ」

「あなた様が後見して下さいますか……そうでなかったら、話になりません」

「…………」

「いずれにしても、菊野さんにだけは会っていって下さい」

お濃は、新八郎が口をつぐんだのを見て立ち上がると、

「おくまさん、ちょっと……」

先程新八郎をこの座敷に案内してくれた女中の名を呼びながら、廊下に面した戸を開けたが、

「菊野さん！」

驚いた声を上げた。

「なにもかもお聞きしました」

菊野と呼ばれた娘は、お濃を押し退けるようにして入って来ると、

「青柳様とおっしゃいましたね。どうぞ父上様、母上様には、わたくしはもう安藤家には帰りません……そうお伝え下さいませ」

手をついてきっと見返した。

この娘が、あの政代の娘かと思えるほど、可憐な娘である。

言葉遣いにも身のこなしにも殊勝なものが窺えた。傲慢で勝ち気な政代とは似ても似つかぬ性格だなと思った。

「両親のもとには帰りたくない、そう申すのだな」

「育てて頂いた恩を忘れたわけではございませぬ。でも、菊野のことはもう、忘れて頂きたいのでございます」

「しかし母御は、良いところに縁付いて欲しいと願っているぞ」

「まさか……茶屋に質に出されたわたくしのこの体は……この体は、もとの体ではございません」

菊野は、震える声で言い、袖で目頭をそっと押さえた。

「菊野殿……」

新八郎は、俯いている菊野の白い横顔を見た。

「ここにこうしているのさえ夢のようです。お濃さんに助けて頂けなかったら、私はもう、今頃どこかに売られて……」

菊野は濡れた目で、新八郎を仰ぎ見た。

歳にして二十歳、まだ初々しい筈の菊野の顔に、この世に置き去りにされた者の怯えが見えた。

いかに上方勤番になったとはいえ、自分の娘を質種にする、そんな親もいるのかと、改めて菊野に痛ましい日を向けた時、

「青柳様、菊野さんは安藤様ご夫婦の実子ではございません」

側からお濃が言った。

「何……」

意外な言葉に新八郎は驚いた。

「遠縁の世話で貰った御子なんですって」

「しかし、だからといって……」

――母子の愛情が無いという訳ではあるまいに……。

口から飛び出しそうになったその言葉も、新八郎は呑み込んだ。

口の端に乗せては、いかにも菊野がかわいそうだと思った。

菊野は、何かを決心したように顔を上げると、

「私は、ここでお濃さんと、ずっと一緒に暮らします。そうお伝え下さいませ」

きっぱりと言ったのである。


「冗談はおやめ下さいまし。あんなところに大切な娘をおいておける筈がございません。青柳殿、あなたもお分かりの筈でございましょう」

政代は、新八郎の報告を聞くと、首に青筋を立てて立ち上がり、いまいましげに怒声を上げた。

「それを申されるのなら、二百石の加増があった時、なぜ娘御を請け出してやらなかったのだ」

「それは……いろいろと出費が重なって、前にも申したではありませぬか」

「ふむ。上方での物見遊山のことかな」

「まっ……あなたは、私どもを咎(とが)め立てなさるのですか」

「武家の台所が分からぬ訳ではない。だが、娘御の身になって考えてやったらどうかと思ったまでだ」

「菊野は、あのお濃とかいう得体の知れない人間に言い含められて、そんな事を申したのです。菊野の本心ではないと存じます。ともかく、あの家に、長く菊野を置いておくという事は、野獣に生(い)け贄(にえ)をささげるようなもの」

「お濃が野獣だと?……」

「お気づきになっていないようでございますから申し上げますが、お濃という女は男女でございますよ」

「おとこおんな……」

「そうです。あの人は男なのに女のなりをしているのです。着ているものを剝(は)ぎ取るまでもございません。のどぼとけを御覧なさいまし」

「そういえば……」

新八郎も不審な思いを抱いたことは確かだった。

声も裏声でわざとらしかったし、派手な着物の柄に圧倒されてしまったが、どこ
となく骨太い感じもしていたのだ。

――あれが男というのなら、あまりにも見事な変身振り……。

半信半疑で政代を見ると、

「青柳殿、いかがでしょうか。二十五両を返金すれば菊野は帰して頂けます。そう
でございましょ。そこで相談でございますが、あなたが、どこかで、その二十五両
を私どもに融通してくださるお人を、捜してきて頂くという訳にはいかないでしょ
うか」

「この上何を申されるのかと思ったら」

新八郎はあきれ果てた。

政代は、ただ困窮をふり払いたい一心で、相手のことなど念頭にはないらしい。

「だってこれじゃあ、あなたへの手間賃もお支払いすることかないません」

ぬけぬけと言う。

──最初から手間賃など払う気はなかったのだ。

「よろしい。娘御は取り戻せなかったのだ。手間賃は頂くまい。ただし、俺はこれでこの仕事は降りる」

新八郎は、憤然として屋敷を後にした。

まっすぐ長屋に帰ろうかと思ったが、柳橋の南袂にある奈良茶漬けの店『吉野屋』に立ち寄った。

ふところはさみしいが、無性に酒を飲みたくなった。

いや、酒を飲むだけなら屋台でも用が足りる。酒は口実、吉野屋に勤める八重の顔をみれば、少しは索漠とした気持ちも晴れるのではないか、そんな気がしたのだ。

八重は興津という名字を持つ武家の出の女であった。

新八郎が住む浄瑠璃長屋の住人だが、人に言われぬ深い訳があるようで、八重は昔の自分にはいっさい封をして、茶漬け屋に勤めている。

女将に気に入られ、接客ではなく店の帳簿を任されている。

だが、新八郎や顔見知りの者が店に入ると、笑みをたたえて奥から出て来てくれる。

八重に会えば……いっときの憂さが晴れそうな気がする。妻の志野に後ろめたい思いがどこかにあるが、その思いを振りはらって、新八郎は昼下がりの茶漬け屋の暖簾(のれん)を割った。

やはり客は、食事どきに比べれば少ないように思えたが、心浮き立つこの季節は、場所柄もあって客の絶えることはない。

新八郎は、店の土間にある腰掛けに座った。

奥の畳の座には、花見帰りの商家の中年の女たちの輪が出来ていたからである。

すぐに小女(こおんな)が酒を運んで来た。

「茶漬けは後で頼む。とりあえず酒だけでいい」

小女に言いつけて下がらせると、手酌で二、三杯、水を流し込むようにして飲んだ。

「いらっしゃいませ」

小女に聞いたらしく、すぐに八重が帳場から出て来て、新八郎の前に座った。

「あらあら、何かお嫌なことがあったようでございますね。お忘れなさいませ。そうそう、浅漬の菜の花がございます。初物です。召し上がりますか」

八重は、にこりとして聞いてきた。

「うむ、そうだな……」

懐具合を勘定していると、

「わたくしにお任せ下さい。今日は私のお誕生日ですの」

と言う。

「何、今日が誕生日か……しかしそれでは逆ではないか」

「いいのです。この歳でお祝いもないのですが、この一年を無事過ごすことが出来た、その感謝の気持ち。みなさまのおかげですから……とくに新八郎様には、同じ長屋にお住まいというだけで本当に心強くて、頼りにしております。ですからどうぞ、遠慮なく……」

八重はそう言うと立ち上がり、やって来た小女にあれこれ新八郎の料理を言いつけて奥に消えた。

――八重殿……。

新八郎は八重の形のよい尻を見送った。

新八郎が客として入ると、八重は店の者として迎えてくれる。どこの店にでもあるやりとりだが、そのやりとりの中に、新八郎は安らぎを覚えるから不思議である。

「へっ、へっ、へっ、旦那、あっしもお相伴させて下さいやし」

いつの間に来たのか、すっぽんの仙蔵が近付いて来た。

「いやね、表を通り掛かりましたら、旦那がこの店に入るのを見かけたものですからね」

仙蔵は新八郎の横に座ると、近くの台でつかんできた盃に、勝手に手酌で酒をついで飲んだ。

「うめえ……」

口を手の甲でぬぐうと、急に真顔になって囁いた。

「旦那、安藤という旗本の奥方ですがね、相当な悪でございますよ」

「おまえは……俺の今の仕事先のことまで知っているのか」

「へい。旦那が今どんな仕事にかかわっていなさるのか、お見通しでございやすよ」

仙蔵はにやりと笑って、

「でね、あっしの調べを申しやすと、あの奥方は、菊野さんを餌にして持参金千両の婿養子を迎えようとしているんでさ」

「何だと、どこで聞いてきたその話」

「旦那、あっしを見くびってもらってはこまりやすぜ。こう見えても、あっしは昔すっぽんと呼ばれていた巾着切り、それもただの巾着切りじゃあねえ。お偉い旦那方の人には知られたくねえ大切な物ばかりを狙ってたんだ。そういう仕事をするについちゃあ下調べが肝心だ」

　今にも腕を捲りそうな勢いである。

「わかったわかった。先を話せ」

「相手は誰だと思いやす？」

「商人か」

「へい。札差しの『大和屋』の三男坊でございやすよ」

「札差しならば千両など訳はないな」

「鼻糞みてえなものですよ。金はうなるほどあるんですから……欠けてるものといえば武家の権力、それもお旗本ときちゃあ放ってはおけませんや。安藤夫婦にしたってですよ。うまく話がまとまれば一生面白おかしく暮らせるってもんですからね、なにしろ、夫婦にしてみりゃあ娘は打ち出の小槌……娘の気持ちなんて関係ねえ」

「…………」

「その話を進めるためには、娘御が余所の家にいてもらっては困るんでさ」

「仙蔵……」

「へい」

「おまえは、お濃という女の昔を知っているか」

「いいえ。お濃さんについちゃあ、今度はじめて知りやした」

「そうか……すまぬが、お濃の噂を拾ってきてくれるか」

「承知、お任せ下さいやし」

「いいのか。ところでおまえ、今何をしている」

すっぽんの仙蔵の巾着切りの仕事を止めさせたのは新八郎だった。

だが、以後仙蔵は、とうがらし売りをやってみたり、船頭に弟子入りしてみたり、少しも腰を落ち着けてひとところで仕事をする気配がない。

もっとも、新八郎の仕事を時々手伝ってくれているから、それもあるのだろうが、新八郎は仙蔵が新しい仕事に就くのを願っている。

「旦那、あっしは旦那と一緒に仕事をするのが一番楽しいんでございやすよ。じゃ、あっしはこれで」

仙蔵は腰を上げると、まるで岡っ引のように左右に目配せをして出て行った。

四

「あ、青柳様、お助け下さいませ」

菊野が、浄瑠璃長屋の新八郎の家に息せききって駆け込んで来たのは、数日後のことだった。

新八郎の家には、この日、多聞が大黒屋の伝言を持って来ていた。

割のいい仕事が入ったから、先の仕事の埋め合わせに紹介したいという事だった。

――よし、早速大黒屋に参ろう。

新八郎が大小を腰に土間に降りたところへ、菊野が飛び込んで来たのだ。

「菊野殿、何があったのだ」

新八郎は、上がり框に倒れ込んだ菊野を抱え起こした。

「恐ろしい人たちが突然家の中に入って参りまして、わたくし、お濃さんに逃げろと言われて表に出ました。そしたらそこに、仙蔵というお人がいらして、青柳の旦那の家に逃げなさいと……」

「そうか、仙蔵がそう言ったのか」

「はい」

「して、お濃は……」

「ならず者たちを相手にして、今頃殺されてしまったかもしれません。お願いです、どうかお濃さんをお助け下さい」

「わかった。そなたはここで待っていなさい。いいね」

新八郎が菊野に言い含めて外に飛び出すと、

「おい新八郎、及ばずながら俺も行く。加勢致す」

多聞は、ぐいと柄頭(つかがしら)を上げると、新八郎の後を追って走り出て来た。

「うむ」

新八郎は、多聞とともに長屋を走り出た。

行き交う人をかきわけるようにして両国橋を渡り、柳橋を渡って、一気に相生町のお濃の家に走り込んだ。

すると、

「これは……」

玄関の上がり框に、女中のおくまが倒れていた。

口から血を流して既に事切れている。

二人は立ち上がると、用心深く奥に向かった。

「お濃……仙蔵……」

新八郎は、まず手前の小座敷の戸を開けた。

先日、お濃が商談に使っていた部屋である。

土足で踏み込んだ足跡でむざんに荒らされていた。だが、お濃の姿も仙蔵の姿も無かった。

「新八郎、こっちだ」

隣室に駆け込んだ多聞が叫んだ。

急いで新八郎がその部屋に駆け込むと、お濃と仙蔵が倒れていた。

仙蔵はあお向けに倒れていたが、お濃は海老のようになって倒れていた。

「お濃、しっかりしろ」

抱き起こすと、ぬめりと手にまつわりついたものがある。鮮血だった。

「お濃……」

お濃は左の肩口を刺されていた。

「いかん、医者だ」

新八郎は立ち上がった。

「仙蔵、おい、仙蔵」

多聞が仙蔵に活を入れる声を聞きながら、新八郎は表に走り出た。


医者が来て、お濃の傷の手当てをして帰って行ったのは、一刻余も後のことで、

「だ、旦那……すまねえ、こんなことになっちまって」

仙蔵は、昏睡しているお濃の前で唇を嚙んだ。

「お前のせいではない。お濃の命が助かっただけでも儲けものだ。眠っているのは薬の加減だ。目が覚めれば後は養生に努めればいいと、医者もそう申したではない

か。それより、襲ってきた相手だが」

「旦那、あいつらはトウシロの連中だ」

「お濃の客か、それとも誰かに命じられてのことか」

「あっしは、一味の一人を、見たことがありやす」

「何……」

「回向院前の竜五郎親分の賭場だったと思いやす。時々来ていたチンピラです。誰か仲間に誘われて金のために襲撃に加わったに違えねえ。ただそいつについては、わかっているのはそれだけです。名も知らねえ。ともかく奴等は、最初からお濃さんを痛め付けるために殴り込みをかけてきたのは間違いねえんです。お濃さんを痛め付けて、菊野様をさらおうって寸法だったに違いねえんだが、菊野様に逃げられて頭に血が上ったのだ。それでお濃さんを刺した」

「うむ」

「あっしはきっと、奴等の尻尾をつかんでみせやす。なにしろ、お濃さんは命を張って立ち向かったんですからね。さすがのあっしも舌をまきやしたよ。負けてはいられませんや」

仙蔵は、眠っているお濃の顔を見詰めて言った。

その時である。

お濃が目を覚ました。

「お濃、もう大丈夫だ。わかるか、俺だ」

「旦那……青柳様……」

「菊野殿はな、お前の機転と、ここにいる仙蔵のお陰で助かったぞ。俺の長屋にかくまっておる。まもなく俺の仲間が連れ帰って来る」

「ありがとうございます」

「しかしお濃、どうしてだ。どうしてそんなに菊野に肩入れをする」

「旦那、もうお気づきだと存じますが、私は女ではございません。男です。女のなりをした男です。でもね、好きでこんな格好をしているのではありません。訳があるんです」

「………」

「私ね、お尋ね者なんですよ」

「お濃……」

「そんなびっくりした顔をなさらないで下さいまし」

お濃はくすりと笑ったが、すぐに痛みで顔をしかめた。

「無理をするな」

「でもね、旦那。私、確かにお尋ね者だけど無実ですからね」

「何……無実だと？」

「ええ、やってもいない罪を着せられちまったんですよ」

「無実なら、そう訴え出ればよいではないか」

「旦那、訴え出てどうにかなるのなら、私、とっくにそうしてますよ。でもね、どうせ私の言う事なんてお奉行所は聞き入れてはくれませんから……」

「そう決めつけたものでもあるまい。お上にしたって、罪もない者を罪人にした場合は、厳しい処罰を受けるのだ」

「いいんですよもう。そう……私はいいんです。私はこうしてこの世に生き延びておりますが、女ひとり、不幸にしてしまったんです。その罪は、一生背負って生きていかなくてはならないんです。菊野さんに肩入れするのも、そんな贖罪（しょくざい）の気持ちからかもしれません。あまりにも似ているんです。私が不幸にしてしまった人に、そっくりなんです」

お濃は言い、傷ついた腕をそっと撫でた。

賊をも蹴散らすほどの威勢のいいお濃が、この日は、傷ついて薄汚れた、はぐれ烏のように見えた。

お濃は、封印してきた昔をしゃべってほっとしたのか、放心したような顔をして天井を見詰めていた。

「旦那……お濃さんに代わって、もう少し詳しくお濃さんの昔を、お話しいたしやす」

口を開いたのは仙蔵だった。

「お濃さんは昔、昔といっても、ほんの三年前までは、日本橋にある、さる大店の手代だったんでございやすよ」

「ほう……」

「ところがお店の一人娘と恋仲になっちまった。主夫婦はこれに猛反対して、ある日、あろうことか集金の金を盗ったとぬれぎぬを着せて店から放り出した。そればかりじゃねえ、お奉行所に訴えて、召し捕ってこの世から抹殺しようとしたんでさ。

だからお濃さんは、いったん江戸を離れたものの、女恋しさに江戸に舞い戻った。しかし目当ての女はもう、この世の人ではなかったと、まあ、そういう訳でございますよ」

「その話、どこかで聞いたような覚えがある」

新八郎は、素早く記憶をたぐりよせてお濃に言った。

「たしか俺が聞いた話は、店の名は呉服商の佐原屋、娘の名はおはつ」

お濃が、ぎょっとした顔を向けた。

新八郎は、桜の花弁の散る墓地で知り合った妻女の話を、お濃に聞かせた。

お濃は、天井を睨み据えるようにして聞いていたが、話がおはつという娘の死に到ると、聞くに耐えないような顔をして目を閉じた。

「お濃、いや、お前は美濃吉だったのか」

新八郎の問いかけに、お濃は顔を戻してゆっくりと頷いた。やるせない思いが口もとに小さな笑みをつくっていた。

「別れたお人が恋しくて、身の危険を知りながらも江戸に舞い戻ったんですよ、私……前のような勤めはもう望めませんでしたからね、女に姿を変えて、借金の仲介業を始めたんです。お金も欲しかった……金がないばかりに、実家が水呑み百姓というだけで、馬鹿にされて悔しい気持ちもありましたからね」

「………」

「お金をためて、どうせ追われるのなら、おはつお嬢様と一緒に上方にでも逃げよう……そんな思いもありました。でも、おはつお嬢様は亡くなったという噂を聞いて……私さえいなかったら、お嬢様は不幸な目には遭わなかったのではないかと、そう思うと、私は死ぬまで男に戻ってはいけないのだと言い聞かせておりました」

「お濃、いや美濃吉、そういうことなら今も話したように、佐原屋の夫婦は、とっくに訴えを取り下げておる。あれは間違いだったとな。だからお前はもう、女のなりをしなくてもよいのだ」

「旦那、私、菊野さんを助けるまでは女でいます。男に戻れば……」

お濃は言い淀んで、

「菊野さんは、おはつさんにそっくりなんです」

「お濃……」

いや、美濃吉は、かつて恋した人おはつと、菊野を重ねて見ていたのである。

「女でいるからこそ、菊野さんへの思いを無理にでも断ち切っていられるのです」

「お濃さん……」

後ろで女の声がした。声は多聞に連れられて戻ってきた菊野だった。

菊野はお濃に走りよって手をついた。

「お濃さん、私を上方に連れていって下さい……おはつさんのかわりに、この私を……」

菊野は熱い視線をお濃に向けた。

「私を助けて下さるというのなら……」


「おや、この私どもの依頼を蹴ったお人がのこのこと現れるとはいったい何用じゃ。手間賃でも催促しに参ったのか」

安藤仁右衛門の妻政代は、座敷に入って来ると、待っていた新八郎の姿を見て、嫌味たっぷりに言い、冷たい笑みを送って来た。

開け放たれた障子(しょうじ)の向こう、安藤家の裏庭には、新八郎に従ってきた仙蔵が腰を落として控(ひか)えていた。

「人を物乞いするのはお止めなされ。今日は娘御のことで参りました」

「何、菊野のこと……」

政代は、慌てて新八郎の前に座った。

「菊野がどうしたのじゃ。ここに連れて帰ってきてくれるのか」

身を乗り出して言い、射るような視線を送ってきた。

「奥方は、先日娘御が襲われたことはご存じですな」

「………」

政代は黙った。襲われたことに驚きもしないのは、知っているに違いなかった。

「お濃の家の女中一人が殺されて、お奉行所も襲ってきた者たちを追っている」

「………」

「いずれ下手人たちが捕まればなにもかも明らかになる。ただこれまでの調べでは、お濃がこれまでに娘御のことで仲介の労をとった者たちは、あの一味の中にはいなかったという話だ。すると、考えられるのは奴等が誰かに頼まれて、お濃と娘御を襲ったとしか考えられぬ」

「そなたは、何を申したいのじゃ」

「一命をとりとめたのも紙一重の幸いでござった。ところが、お濃も娘御も恐ろしい目に遭ったことで、お互いが、それまで抑えていた胸の内を告白したのだ。その事もご存じかな……二人が慕いあっていることを……」

「存じません。とんでもない話です。よりにもよって男女を慕うなどと、安藤家の恥です」

「女のなりをしていたのは、お濃に事情があったからだ。好きであの格好をしていたのではない」

新八郎はおもむろに、懐から袱紗の包みを出し、政代の前に置いた。

「ここに百両入っている。お濃から預かったものだが、これを結納金がわりに菊野殿をもらい受けたいとのことだ。むろん、先に立て替えた二十五両と、お濃の名で奥方が借金をした六十五両あまりの金は、もう返済に及ばずということだ」

「ここに百両……」

政代の目は、紫の袱紗に釘づけになった。

「さよう」

「二十五両も返済無用と申すのか」

「さよう……その上に、奥方は覚えがおありと存ずるが、お濃の名を騙ってほうぼうに借金をしていた大金も、返済無用とのこと」

「何を言うか。あ、あれは、菊野を取り戻したい一心で、あのけがらわしいお濃を困らせてやろうと思ったまでのこと」

「そんな理屈は通りますかな。血の繋がらない娘とはいえ、旗本の奥方が、茶屋に借金のカタに娘を置き、そればかりか、娘を請け出してもらった人の名を騙って借金を重ねるとは……お濃がその気になって、おそれながらと訴え出れば、お家の断絶どころか、安藤様も奥方も厳しい処罰を受ける筈……」

「青柳殿、あなたはわたくしを脅すつもりですか」

「まさか……事を穏便にと願っているまでのこと……」

「………」

「わざわざこうして伺ったのも、話をきちんとつけた上でお濃と一緒に暮らしたいという、娘御の気持ちを伝えるため……」

「わかりました。ただし、条件があります。今後あの男女には女の格好はやめて頂きます。それが出来ないのなら、承服はできません」

政代は肩を怒らせて立ち上がった。

仮にも旗本、喉(のど)から手が出るほど金は欲しいが、すんなり新八郎の話に屈する訳にはいくものか、そんな気配が窺えた。

「承知した」

新八郎は泰然として答えると、庭に控える仙蔵に頷いた。

仙蔵はすいと立ち上がると庭から消えた。

だがすぐに引き返してきた。

「母上様、おひさしぶりでございます」

仙蔵と庭に現れたのは、菊野と、月代(さかやき)も瑞々(みずみず)しい美濃吉の姿だった。

「お前は……まさか、あのお濃……」

「はい。本当の名は美濃吉と申します」

美濃吉は腰を折った。

「よくもよくも、恩を仇(あだ)で返すような、この所行……」

政代は、ぶるぶる震えていたが、

「とは申せ、無下(むげ)に追い返したと人の耳に囁かれては、いかにも口惜(くちお)しや」

「母上様……」

「菊野、良くお聞き。武家には武家の面子というものがあります。身分違いのその男に、いかなそなたが貰い子、拾い子とは申せ、犬ころを渡すような訳にはいかぬ。世間に知れれば叱責を受けるばかりかお咎めもあるやもしれぬ。そこでじゃ、どうだろうか。お前は神隠しに遭ってしまったと、そのように届けることにします」

「神隠し……」

「神隠しならば、私たちもうしろ指をさされずにすみます。むろんそなたは、この江戸に住めぬことになりますが、そうしてくれればこの母も有り難い」

「承知致しました。おっしゃる通りに致します」

菊野が腰をおると、政代はくるりと背を向けて、部屋の奥に消えた。

「ありがとうございました。ご恩は一生……」

去っていく母に手を合わせる菊野の態度とは対照的に、政代は、まるで邪魔になった犬ころを捨てて去るように背を向けたのである。

——犬ころだって、捨てる時には胸が痛むもの。

新八郎には、菊野がこの屋敷で、どんな扱いを受けてきたのか想像できた。

「菊野様……」

引き上げようとした菊野たちの前に、下男が飛び出して来た。

「おいたわしや、菊野様」

「権平……お世話になりました」

菊野も立ち止まって、下男に歩みよる。

「勿体ないお言葉を……どうぞ息災に……おしあわせになって下さいませ」

「母上様、父上様をよしなに、お願いします」

「菊野様……」

下男の権平という男は、手の甲で洟をすすった。

そして、新八郎に顔を向けるや、

「お嬢様は、お小さい頃から本当に辛いことにも耐えられて……いえ、もう、何も申しますまい。この先はお幸せになって頂きたく存じます。お嬢様のこと、よろしくお願い致します」

権平は、縋るような目をして言った。

五

「こちらが？……美濃吉の住まいですか」

おいねは、お濃の家の門前で立ち止まると、ここまで案内してくれた新八郎を、見上げるようにして言った。

おいねの声音には驚きがあった。

かつて佐原屋の手代だった美濃吉が、立派な家を構えるまでの男になっていたのである。驚かずにはいられなかったに違いない。

相生町のこのお濃の住まいは、近隣の風景から桜の花が消えた頃なのに、塀の上から山桜が覗いていた。

花は淡い大人の色合いで一重である。

風に揺れている様は、それだけで奥床しい。

ただ、外から窺う限りでは、屋敷に人の気配は感じられなかった。

桜の枝では名も知らぬ花鳥がひとしきり鳴いているのが、いっそう無人の気配を濃くしていた。

お濃が美濃吉だったと知った時、新八郎は頃合を見て、きっと佐原屋の内儀に知らせてやろうと考えていた。

新八郎の脳裏には、あの墓参りよりこちら、

「せめて行方知れずになっている美濃吉でも見つかれば、詫びの一つも入れられますのに……そうすれば、娘の供養にもなりますもの……それにね、私たちの気持ちも、少しは軽くなるのではと思っているのですが……」

そう言った、おいねの切々とした悔悟の顔を、忘れたことはなかったのである。

奇しくも、再び美濃吉は江戸を離れなければならなくなった。

そこで新八郎は、佐原屋を訪ねて、ことの次第をおいねに伝えてやったのである。

「会わせて下さい。美濃吉にまず詫びたいと存じます。それに、三年前に取り上げた美濃吉の十両も返金したいと存じます。また、おはつとよく似ている娘さんと一緒になるというのなら、喜んで手助けできるものならしてやりたい、それこそ娘への供養です」

おいねは、そう言った。

急遽、おいねを案内して屋敷の前に立ったのだが、なんだか様子が違っていた。

「ごめん……」

戸を叩くが、誰も出てこない。

「もし、そちらの屋敷は売りに出されておりまして、空き家でございますよ」

通りかかった煮売り屋が、立ち止まって教えてくれた。

「そうか、もう出立したのか」

新八郎は、大きな溜め息をついた。

ひょっとして会えぬかもしれぬという気持ちも、一方ではしていたのだった。

一昨日のこと、新八郎が家を留守にしている間に、美濃吉らしき男が長屋を訪ねてきたと隣人から聞いていた。

新八郎にも会えないまま、そのまま出立したとなれば、よほど急いでいたに違いない。

「あっしが聞いた話では、急いで旅に出るとかで、この家も安く売るのだとかなんとか言っていましたからね……そうそう、この家のことは、そこの大家さんに頼んでいる筈だぜ」

煮売り屋は言い、天秤棒で前後の桶をゆらゆら揺らしながら立ち去った。

新八郎はおいねと共に、煮売り屋が言っていた大家の家に立ち寄った。

そこで、美濃吉たちは道中の手形などを手に入れるまでは、品川の旅籠に泊まっている筈だと教えてくれた。

「お内儀、俺が先に品川に行ってみる。会えるようなら連絡をするので待っていてくれ」

おいねにはそう言い含めて、新八郎はいったん長屋に戻ってきた。

しかし、なぜか漠とした不安を拭いきれなかった。

──おいねに会わせるのがかなわなかったとしても、せめてこの目で、二人の無事を確かめねば……。

そんな思いが募ったのである。

ところが、長屋を出ようとしたその時、

「旦那、こやつは、波助っていうらしいんですが、お濃、いや美濃吉の家を襲った仲間の一人ですぜ」

仙蔵が、若い男の首ねっこを押さえて連れて来た。

「やっと見つけたんでさ」

引き据えた男を睨んで言った。

男は気の毒なほど怯えている。

「おい、そうだな。本当のことを言わねえと、てめえ、どうなるか知れねえぞ」

襟首をぐいと引っ張る。

「ほ、本当のことを話しますから、その手を離して下さいやし」

苦しそうな声を上げた。

「ちっ、どうしてあの家を襲ったのか、言うんだ！」

仙蔵が乱暴に手を離すと、

「あっしは兄貴に……」

「兄貴の名は……全部、ちゃんと話せと言ったろ」

仙蔵がこづく。

「へい。兄貴というのは、あそこの賭場で金を借りてった客の取り立てをしている伊蔵という人のことでやして。兄貴は、その他にも裏の仕事を受けることもあって、そんな時には、あっしたちちんぴらにも、声をかけて下さるんでさ」

「すると何かな。お前たちは直接お濃に恨(うら)みがあった訳ではなく、裏の稼業として襲えと頼まれた、そういうことか」

「へい」

「伊蔵という兄貴は誰に頼まれたんだ」

「へい……立派なお武家の奥方様だと聞いています」

「何……奥方の名前は」

「知りません。あっしたちは、そんな事を聞く必要はありやせんから」

「ふむ……」

お濃と菊野襲撃を伊蔵という男に頼んだのは、やはりあの政代に違いないと、新八郎はすぐに思った。

「まだ言う事があるんじゃないのか」

仙蔵がまたこづくと、

「へい。今晩、兄貴たちは品川にいる二人を、もう一度襲う筈でさ」

と言うではないか。

「あっしも誘われましたが、今回はのっぴきならねえ用がありやして」

「てめえ、そんな大事な話なら、先に言うんだ」

仙蔵は、波助の頭を張った。

「まあ待て、おい、二人がいる旅籠の名は」

「『丹波屋（たんばや）』でございやす」

「丹波屋だな」

新八郎は、念を押して立ち上がった。


「旦那……」

新八郎が仙蔵と、高輪（たかなわ）の大木戸に着いた時、海のかなたの水平線から天にかけては、茜（あかね）の色の上に紫の帯が棚引いていて、まるで絵具を流したような光景が空に広がっていた。

仙蔵が新八郎の袖を引いたのは、御府内では見ることのできない、その神々（こうごう）しさだった。

だが、新八郎たちが立っている街道筋の宿場の通りには、黒々とした夜の気配が忍び寄っていた。

この場所は、江戸を出ていく人たちを見送ったり、江戸に入る人たちを出迎える場所でもあった。

宿は小料理屋も兼ね、海の幸をふんだんにつかった料理と、うまい酒を飲ませてくれる。

二人が目当ての丹波屋もすぐ目の前にあり、他の宿屋と同様、春の夜のひとときを、舌鼓を打って楽しむ客たちで賑わっているようだった。

宿の女中が軒行灯に灯をともした。

「すまぬが聞きたいことがある。宿に美濃吉という若い男が女連れで逗留している筈だが……」

新八郎は、その女中に近付いて聞いた。

「え、ええ……」

女中の返事は曖昧だった。新八郎たちを警戒しているようにも見えた。

「俺たちは怪しいものではない。俺は青柳新八郎という。美濃吉という客に、青柳が見送りに来ていると伝えてくれ」

新八郎は、女中にそう言いつけると、店の上がり框に座った。

しかし、この宿に美濃吉と菊野が泊まっているとして、その二人を宿にまで踏み込んで命を狙うのは難しかろうと、考えていた。

「お客様……」

先程の女中が、段梯子を駆け降りて来た。

「お武家様がお捜しのお客様は、お部屋にはいらっしゃいません。お出かけのようです」

と言う。

「何……どこに行ったのか、わからぬか」

「さあ……」

困った顔をして新八郎を見返した時、別の女中が通りかかって、

「美濃吉さんなら、そこの海岸にお出かけです。夕日が美しいのでそれを見に行かれました。でも変ねえ、もう帰って来てもよさそうなのに」

「しまった」

新八郎は、宿を飛び出すと、

「仙蔵、来てくれ」

走りながら仙蔵に呼びかけて、大通りを横切り、向かいに並んでいる旅籠と旅籠の路地を抜け、海岸に降りた。

月の光は弱く、白い波の寄せる光景は、夢の中のひとこまのように見える。

もはや先程水平線の向こうに織りなしていた美しい光の饗宴(きょうえん)は、もうすっかり姿を消していて、海も空も、どこまでも黒々として、寄せてくる波のうねりが不気味でさえあった。

目を凝らして辺りを見渡した時、ぎょっとして立ち止まった。

「旦那、あれ……」

仙蔵も気付いたようだが、街道筋からは死角になっていると思われる窪地(くぼち)のような砂浜に、二つの影が、数人の影に取り囲まれていた。

二つの影は美濃吉と菊野に違いなかった。

そうして、もう一方の影たちは、一人、二人、三人、四人、五人……そう、全部で五人いた。

波助が言っていた伊蔵と、その手下たちに違いなかった。

「急げ、やられる」

新八郎と仙蔵は、影の固まりに向かって走った。

近づくにつれ、美濃吉たちを囲んでいる男たちは、みな一様に匕首(あいくち)を引き抜いているのが見えた。

腰を落として、いつでも飛びついて突き刺す姿勢になっている。

「待て、その者たちに何をする」

走り込みながら叫んだ新八郎の声に、影たちがいっせいに、こちらを向いた。

「青柳様！」

菊野が叫んだ。

だがこの時、振り向いた男の一人が、

「邪魔するな！」

警告するように、新八郎に斬りかかって来た。

「むっ」

新八郎は、体を反らしてこの刃(やいば)を外した。同時に、泳いだ男の襟首をつかむと、その腰を思い切り蹴り飛ばした。

「うわっ」

男は、近くの大きな岩に、顔ごと突っ込み、頭と顔面をしたたかに打ち、ひっくり返った。

「美濃吉、離れていなさい。仙蔵についているのだ」

　小声で言って、

「伊蔵はお前か」

　新八郎は、二人を庇って立ち、面前で不敵な笑みを湛えている男に対峙した。

「ふっ」

　男は、乾いた声を上げて笑った。

「伊蔵、お前たちは誰に頼まれてここに来ているのだ……安藤仁右衛門の奥方だな」

　雇主の名をいきなり言われて、伊蔵は一瞬ぎくっとなった。だがすぐに不敵に笑って、

「そうだが、それがどうした。俺たちは、不義者をつかまえに来たのだ。言うことを聞かなかったら、殺す」

　事も無げに言った。

なるほど、目の前の男は、一見やさ男だが、その目は冷たく光っているし、月の光のせいもあるのだろうが、青いような肌の白さが冷徹非道な内面をいっそう浮き彫り(ぼ)にしているようだった。

「伊蔵、止めろ。この者たちは不義者ではないぞ」

「うるせえ。そこにいるのは安藤様のお嬢様だ。その男は、すでに縁談の決まっていたお嬢様を連れ、この江戸から逃げようとしているんですぜ。不義に間違いねえ。とっつかまえてお奉行所に引き渡すまでよ」

「そうか、わかったぞ。奥方がいやにあっさり手を打ってくれたなと思っていたら、こういう事だったのか……汚い話だ」

「四の五の言う事はねえ。出るとこ出て決着をつければいいんだ。旦那、退(ど)いておくんなさい」

じりっと伊蔵は一歩踏み出した。

その足が次の瞬間地を蹴って、びゅんと、風を切る音とともに、新八郎の頬を、白く光るものが斜(なな)めに走った。

「うっ」

新八郎は危うくそれをかわして、腰のものを抜いた。

「仙蔵、二人を連れて宿まで走れ」

仙蔵に指示を送って、子分が突いてきた匕首を撥（は）ね上げると、三人の退路を塞（ふさ）ぐようにして手を広げた。

「野郎。こいつからやっちまえ」

伊蔵の声が飛んだ。

総勢四人が、右から左から、飛び込んで来た。

新八郎は、払っては峰を返して打ち、その頬を張り、尻を蹴飛ばした。

瞬（また）く間に三人が、砂の上にうずくまっていた。

「死ね！」

伊蔵が背を丸くして飛び込んで来た。

捨て身だと思った。

新八郎は、わずかに体をひらくと、一尺ほどに迫った伊蔵の手首をしたたかに打ち据えた。

「うっ」

伊蔵の手から匕首がこぼれ落ちた。

新八郎は、落ちた匕首に気を取られた伊蔵の一瞬の隙をついて、伊蔵の肩を峰で打った。

不意をくらって膝をついた伊蔵の腹に、更に拳を突き入れた。

どさり……伊蔵は顔を砂浜に突っ込むように落ちた。

「ふう……」

新八郎は、刀をおさめると、静かになった男たち、ひとりひとりを見渡した。するとそこに、丹波屋が宿場役人三人を連れて走ってきた。

「おけがはございませんか……」

「うむ。主、こいつが首謀者だ」

新八郎は、あえいでいる伊蔵を引きずり起こして宿場役人に渡した。

新八郎は、ひったてられていく男たちを見送ると、自身も砂浜を後にした。

静かになった夜の浜辺に、砂を洗う単調な波の音が聞こえてくる。

音はしごく優しく聞こえた。

美濃吉と菊野が、全ての束縛から解放された一瞬だった。

これ以上の無体な仕打ちを二人にすれば、安藤の家はもう助かるまい。いや、もう遅い。仙蔵が町方に引き渡した波助が全てを吐(は)けば、それでなにもかもおしまいになるに違いない。

同時にそれは、美濃吉と菊野にとっては、新しい出発になる筈だった。

新八郎は立ち止まると、もう一度、伊蔵たちが転がっている浜辺を振り返った。

黒い点のようなものが砂浜に点々と石のように見えた。

新八郎の胸に、潮騒(しおさい)が聞こえて来るようだ。

辛酸(しんさん)をなめた二人が、ようやく幸せをつかんだのだと思った時、新八郎の胸には熱いものが一気に押し寄せてきたのである。

新八郎はこの時、暗い海の向こうの水平線の彼方(かなた)に、一条(ひとすじ)の光を見た。月の光が照らしたものかと思ったが、その光は一瞬だが、確かな光を放ったのであった。

第二話　雨の声

一

天地が裂けるほどの雷と雨が去った翌日は、からりと晴れた夏日和だった。

昨日は今にもそこに落ちて来そうな雷に耳を塞いで家の中で息を殺していた浄瑠璃長屋の連中も、今朝は早くから張り切って仕事に出かけて行ったようである。

青柳新八郎は、忙しく朝食の支度に励む長屋のかみさん連中の物音が一段落すると、やがて亭主たちが仕事に出る気配や、寺子屋に行くのか遊びに行くのか、子供たちが勢いよく出て行く足音などがおさまって、長屋の路地が静けさを取り戻すまで家の中にいた。

食事は残り物の冷や飯と大根の千切りを実にした味噌汁、それに小茄子の漬物で遅い朝餉を摂った。小茄子の漬物は隣に住む、興津八重の差し入れだった。

夏冬通じて、御飯はだいたい朝に炊く。だが今朝は昨日の飯が残っていた。昨夜八雲多聞と米沢町の煮売り屋で飲んだから、夜食に食べる筈の御飯が残っていたのである。

一人で食事を作り、一人で食事を摂る侘しさにも慣れて来たが、やはり味気無い。食事を味わうというよりも、腹を満たす、ただそのためにだけ食物を喉に押し込んでいる感じがする。

新八郎は、井戸端が静かになったのを耳を立てて確かめると、押し入れに突っ込んであった、汗で汚れた肌着と下帯をつかんで土間に降りた。

興味津々で手元を覗いてくる長屋のかみさんたちが居ぬ間に、洗濯を済ませておこうと考えたからだ。

だが、新八郎が外に出るより早く、路地を踏んで近づいて来る足音を新八郎はとらえていた。

足音は、草鞋の音だった。

戸に手をかけたまま、足音の行方を追っていると、なんとその足音は、新八郎の家の前で止まった。

「ごめんくださいまし、こちらは青柳様のお宅様でございましょうか」

男の声でおとないを入れてきた。

言葉の端々に、新八郎がつい先年まで暮らしていた故郷の訛(なま)りがあった。

「どなたかな」

戸を開けると、手甲脚半(てっこうきゃはん)、振り分け荷物に草鞋履きの男が立っていた。

「青柳新八郎様でございますか」

男は新八郎を見上げるようにして、念を押した。

汗と埃(ほこり)にまみれて日焼けした顔の奥から純朴そうな目が覗いている。

「そうだが、お前は？」

聞き返した新八郎に、

「はい。私は陸奥(むつ)国平山藩稲垣(いながき)村の百姓で茂助(もすけ)と申します」

男は嗄(しわが)れた声で言った。年の頃は四十半ばかと思われる。

「何、稲垣村の者とな」

新八郎は、驚いた顔で男を見た。

稲垣村とは隣藩笠間藩との国境にあり、藩では有数の米の産地である。そして失踪した妻志野が、病に伏せる野田玄哲なる蘭学者の看病をしていたらしいと、弟の万之助から知らされた折に出てきた村の名前でもあった。

「この江戸に急な用向きが出来まして参りましたが、是非とも、青柳様にお話ししておきたいことがございまして、それで、万之助様をお訪ね致しまして、こちらをお聞きして参ったのでございます」

茂助の顔には、深刻な表情が浮かんでいた。

「それはまた遠路を、疲れたであろう。よく訪ねてくれた。そうだ、ここでは何だ、中へ入ってくれ」

新八郎は茂助を家の中に誘った。

新八郎の住まいは、土間を入ってすぐの部屋が、一畳ほどの台所と三畳ほどの板の間になっていて、その奥に六畳敷の畳の部屋がある。

新八郎は先に立って上にあがり、茂助にも上がれと促した。

稲垣村の者が、しかも弟の万之助にここの住所を聞いてまで、なぜ訪ねてきてくれたのか、新八郎の胸は騒いだ。

遠慮するほどの家の中でもないわび住まいだというのに、茂助はたったいま江戸に到着したばかりで埃まみれだと言い、框(かまち)の板に腰を下ろした。

「この通り何もない暮らしだが、まずは喉を潤してくれ」

新八郎は、はやる心を抑えつつ、湯を出してねぎらった。

「これはありがたい」

茂助はうまそうにその湯を飲んだ。

新八郎は、その様子を眺めながら、この男は、志野についての何か思いがけない手がかりをもたらしてくれたのかもしれない、そう思った。

とたんに、一刻も早くそれを質(ただ)したいという気持ちと、茂助という男の粗末な旅支度に匂(にお)う懐かしい故郷の土の香りを存分に確かめたいという気持ち、そんな二つの思いに揺れていた。

しかし、新八郎のそんな胸中をよそに、茂助は湯を飲み干した後、その湯のみを手にしたまま、じっと考えているようだった。

いや、身を硬くして黙りこくってしまったのである。

口を開きかけては逡巡するように、下唇を噛む。

「話とはなんだ、茂助……どうしたのだ急に、ややこしい話なのか」

新八郎は、たまりかねて聞いた。

「青柳様、あっしを手討ちにして下せえ！」

男はいきなり腰を土間に落とすと、両手をついた。

「いったい、どうしたのだ。何のことだね」

新八郎は呆気にとられた。

「あっしは青柳様に顔向け出来ねえ。人としてやるべきことを怠っちまった。恥ずかしい。この四年の間忘れたことはねえです」

茂助は力を込めた声で言う。

「………」

「いつかお詫びにと、明日こそは、明日こそはと……そう思いながら勇気がなくて、今日になってしまいやした」

「藪から棒にそんなことを言われてもな。面食らうばかりだが、手討ちなどと物騒なことは言うでない。さっ、落ち着け」

新八郎は土間に降りると、平伏している茂助の手を取り、立たせてやった。

「茂助とやら、落ち着いて説明してくれぬか。さっ、かけなさい」

再び上がり框に座るよう茂助を促し、自分も上にあがった。

茂助はいよいよ顔をこわ張らせていたが、肩で深く息をついてから、懐から油紙に包んだ物を取り出した。

「これを、この中の手紙を……」

「俺への手紙か……」

新八郎は言いながら、油紙の包みから書状を取り出した。

「………」

宛名は青柳新八郎様とあるが、送り名は書いてはいなかった。だがその筆跡には確かな覚えがあった。

志野の手によるものだった。

胸が早鐘（はやがね）のように鳴る。

呼吸を正して封じ紙を切った。

折り畳んだ巻紙を開くと、そこには紛（まぎ）れもない妻の字が並んでいた。急いで書いたのか字の乱れが窺えた。

熱い物が新八郎の胸を瞬く間に覆って行く。新八郎は志野の言葉を食い入るように読んだ。


のっぴきならぬ事情を知り、いっときのつもりで断りもなく家を空けましたが、故あってあと数日ここにとどまることに致しました。

仔細は帰宅しました折にお話し申し上げます。私のわがままを、どうぞお許し願いたく……取り急ぎお知らせ申し上げます。志野。


志野の文面は、大方そんな短なものだった。だが、手紙の内容から、切羽詰まった事態が伝わって来た。数日後には帰宅して事の次第を説明すると書かれている。

志野の常ならない息遣いが、その文面から伝わってきた。忘れかけていた志野の肌の熱さも蘇ってくるようで、新八郎は胸が詰まった。

――やはり……。

志野は自分からわけもなく姿を隠したのではない。

そんなつもりがなかったからこそ、夫に心配をかけないように、こうして連絡を取ろうとしていたのだ。

このことは、これまで新八郎にとって最大の謎だった。たとえいかなる不測の事態に遭ったとしても、志野が夫の新八郎に何の断りもなく失踪する筈がない。

その思いだけは、ゆるぎない信念として新八郎の胸にあった。

つまり、志野には帰宅出来ない事情がその後起きたということだろう。

その事情とは、おそらく、お尋ね者の玄哲とかいう蘭学者が召し捕られることになった騒動だったのではないか。そこまでは漠然とだが察しがつく。

だが、故あっての、その『ゆえ』とは何か、あの志野がなぜ不可解な騒ぎに関わることになったのか、そういった肝心な部分については少しもこれだけでは解明されてはいない。

新八郎は、書状を静かに戻すと、

「この手紙、どうしてお前の手にあったのだ」

背を丸めて俯いている茂助に尋ねた。

「へい……四年前の初夏の頃でございました……」

茂助は顔を上げると、記憶を確かめるような目をして言った。

その日茂助は、山で拾い集めた薪を背負って集落に続く山道を降りていた。

その道が、雑木林の奥にぽつんと建てられた檜皮葺きの『湯の家』をすぐそこに望む所にさしかかった時だった。

「もし……」

茂助は、後ろから呼び止められた。

女の声だとわかったが、頃はまもなく逢魔が時刻と呼ばれる黄昏どき、しかも人の通わぬ雑木林の中、ひやりとしておそるおそる振り返ると、美しい女の人が、林の中に差し込む心許無い青白い残光の中に立っていた。

白い顔に優しげな目鼻立ち、一見して武家の妻女とわかる人だった。

とはいえ茂助は、狐狸の類いかと、一瞬腰が引けた。

「驚かせてすみません。お願いがあるのですが……」

女は林の中から近づいて来た。

「あっ、あっしにですか」

びっくりしている茂助に、女の人は懐から書状を出すと、

「これを、城下の西町にある御納戸役青柳新八郎の許に届けてはいただけませぬか。仔細をお話しすることは出来ませんが、是非、お力添え下さいませ」

懇願するように言ったのである。

女の人の言葉は武家の妻女らしい丁寧なものだったが、その顔にも声音にも、必死なものが窺えた。

茂助は、つい、こくんと頷いていた。

茂助がそこまで話すと、新八郎は言葉を挟んだ。

「茂助、その武家の女だが、誰かと一緒ではなかったのか」

「いえ、お一人でした」

「見張りがいたとか」

「いえ、お一人でした」

茂助はもう一度言った。

「名は名乗らなかったのだな」

「へい……ですが、その目の色には嘘はないと存じました。真剣なものが伝わって

きました。断るに断れない様子でございました」

茂助は言い、話を継いだ。

女の人があまりにも、薄闇に浮き出た白い花のように美しく、茂助は頼まれ物をしたことも、どこかで夢を見たような、半信半疑の思いで家にたどり着いたのである。

ところが、家では思いがけない事態となっていた。

近くに住む茂助の兄弟夫婦までもが顔を揃えていたのである。

その兄の話によれば、つい先程、幕府の御用を賜るという目明かしらしき男たちがやって来て、山の中腹にある湯の家に咎人が逗留しているのがわかった。

明日にでも召し捕ることになると思うが、この家は山道の入り口にあたるゆえ、少しでもおかしな動きが見受けられたなら、必ず報告するようにと命じ、帰って行ったのだと言うのであった。

茂助はその話を聞いて恐ろしくて震えがきた。

林の中で女から書状を預かったことを黙っている訳にいかなくなった。

声を潜めて、兄弟に見知らぬ女から書状を託された話をした。

兄弟たちも家の者も、そんな物はすぐにでも、目明かしに届けるべきだと口を揃えた。

さもなければ、向後どんなお咎めを受けるやもしれないと、有無を言わせぬ強硬な意見には抗いようもなかった。

茂助は兄弟の言葉に圧せられて、目明かしたちの宿舎に向かった。

だが、茂助はあの女を幕吏に売ることは、とても出来そうになかった。

女の必死な顔がちらついて、俺には無理だと、茂助は思った。

懐の預かりものが、降って湧いた禍々しいものに感じられた。

——どこかに捨てるか……。

そう思うものの、それもならず、茂助はふと路傍の野晒しの地蔵の下にそれを隠した。

右にも左にも進めなくなった茂助が、咄嗟に起こした窮余の行動だった。

ともかく手紙を自分の手元から離せばいいんだ、その一心だったのである。

夜遅く帰宅した茂助は、心配して待っていた兄弟たちに、あの書状は、急いでいて足を踏み外して崖下に転落したが、その際にどこかに紛れて見失ってしまったと、下手な嘘をついた。

茂助なりの精一杯のつじつま合わせだったのだ。

果たして、兄弟はそれで納得してくれた。

そして翌日、俄に山の中腹で、物々しいざわめきが起こり、咎人の蘭学者が捕らえられたこと、一味の者らしき女と、もう一人の若い男は逃げおおせたことが知らされた。

茂助は、人知れずほっと胸を撫で下ろしていた。

しかし、騒動が静まって、村から目明かしたちがいなくなると、手紙を託した女の人のことが頭から離れなくなっていた。

いったい、捕らえられた蘭学者と、どういう関わりがある人だったのか……。

また、書状の届け先の青柳というお武家とは、どういうゆかりの人だったのかという疑問を抱くと同時に、女の人の頼みをきいてあげられなかった悔いが、次第に茂助の心を悩ませるようになっていた。

茂助は一年が過ぎた頃、城下の町に出かけることがあり、その折西町に立ち寄った。

青柳というお武家の屋敷を覗くつもりだった。

しかしそこで、人伝に青柳家を見舞った不幸を知った。

志野という奥方が失踪し、それを追うように当主の新八郎が江戸に出、今では弟の万之助というお方が跡目を継いでいるということを……。

そうか、あの時の女の人は、青柳家の奥方だったのか。

そしてあの書状は夫の新八郎というお方に宛てたものだったのかと、その時はじめて察しがついた。仔細はわからずとも、一人の武家の身にのっぴきならない変事が起こったことだけはわかった。茂助はことの重大さを知ったのである。

――奥方の頼みを踏みにじったこの自分は、青柳家を見舞った不幸に荷担したということにならないか……。

あの時この俺が勇気を出して書状を届けていたら、不幸の一端を食い止めることが出来たのではないかと、茂助の後悔は止めどなかった。

茂助はその日、町からの帰りがけに、あの野晒しの地蔵を動かしてみた。

書状はあった。油紙に包まれた書状は風雨に朽ちることもなく、そこにあった。

――今からでも遅くはない。

一刻も早くと思いながらも、江戸はあまりにも遠く、更に三年の年月が過ぎていったのである。


「申し訳ないことでございやした」

茂助は息をするのも恐れているような、消え入りそうな声で言った。

そしていったん呼吸を整えると、このたびは江戸に出てきて働いている娘の一大事を放ってはおけず上京することになり、意を決して、かねてより気にかかっていた手紙を新八郎に渡すべく、万之助を訪ねてこの新八郎の住まいを聞き出したのだと言った。

「青柳様、あっしの臆病を、どうぞ存分にお叱り下さいまし。どんな責めを負ったとしても当たり前、あっしは覚悟しております」

茂助は、両手をついて平伏した。

旅の疲れと、日頃の百姓仕事の疲れもあるのだろう、肉づきの悪い肩に茂助の暮らしがみてとれた。

「茂助、誰がお前の行いを咎めることが出来るだろうか。安心して顔をあげろ」

静かだが、茂助をいたわる言葉が新八郎の口から漏れた。

「青柳様……」

「お前は縁もゆかりもない女に手紙を託されたのだ。その上、目明かしには、きつい達しを受けていた。そんな時に、誰がお前以上の勇気を振えるものか。いや、それだけじゃない。お前はこの手紙を、役人に届けるのを止めたのだ。それだけでも、十分だ。お前の情けに感謝している。しかも、こうしてここまで手紙を届けてくれたのだ。礼を言うぞ、茂助」

新八郎は、心から茂助の心遣いに感謝していた。

騒ぎから四年が経っているとはいえ、手紙をここへ届けるのは幕吏に罪を問われかねない恐れがある。

それだけではない。

たとえ届けたとしても、新八郎に感謝されるどころか、逆に「今頃になって……」と怒りをかいかねないのだ。

そんな二重の危険を冒してまで、遠路を訪ねてきてくれた茂助の行動に、新八郎は強く感銘を受けていた。

こんな思いは生まれてこの方あっただろうかと思った。

「あの時、迷わず青柳様に届けていたらと思いますと……」

「茂助、自分を責めることはない。たとえ俺に書状が届いていても、翌日志野の身に起こったことを防げたかというと、そうとも思えぬ。お前には恩にきる。こんなに人の情けが身に染みたことはない」

新八郎は、茂助の手をとるようにして言った。

娘の大事で出てきた茂助が、いの一番に新八郎のもとに駆けつけてくれたのも、新八郎の胸を熱くしていた。

「勿体(もったい)ないお言葉でございます」

茂助も感極まった目で新八郎を見返した。

二

「して、娘御の一大事だと聞いたが、これからそちらに参るのか」

八重が注文を聞いて下がってから、新八郎は恐縮がる茂助の顔を覗きこむようにして言った。

『吉野屋』は場所が場所だけに、ひっきりなしに客は出入りしているものの、時刻が七ツ過ぎとあって日暮れにはまだ早く、座敷にゆったりと座ることが出来た。

「いえ、娘の奉公先には明日参るつもりです」

「そうか、ならば今日はここでゆっくり疲れをとってくれ。せめてもの俺のねぎらいだ」

新八郎は、膳に伏せてあった盃を起こし、茂助の掌に載せて酒をそそぎ、自分の盃にも酒を注いだ。

すると横合いから手が伸びて、もう一つの盃に酒を満たした。

「茂助さんと言ったな、あっしは新八郎の旦那とは身内同然のつきあいをさせて貰っている仙蔵ってんですがね。この旦那は剣術は滅法強いし、それに弱い者の味方だ。安心して何でも相談するがいいぜ」

手を伸ばしたついでに口を挟んだのは仙蔵だった。

仙蔵は、茂助が新八郎を訪ねてきた訳を、むろん知らない。

知らないが、ここに同席しているのは、四半刻前のこと、新八郎が仙蔵の家の中に駆け込んで、客人を奈良茶漬けの吉野屋に案内したいが金がないのに気がついた。少しでいいから貸してくれないかと、こともあろうに仙蔵に借金の申し込みをしたからである。

　勿論仙蔵に持ち合わせがある訳がなく、それでも仙蔵は、

「旦那、客人がはるばるやって来たのに、茶漬けの一杯も馳走せずに帰したとなっちゃあ浄瑠璃長屋の恥だ。よし、こうなったら大家に頼んで少し融通してもらいやしょう。だいじょうぶ、あっしがうまく話をつけやすから……」

　などと格好のいいことを言う。

　半信半疑で仙蔵と一緒に路地に出てきて、こそこそ相談している所に、店に出かけるために家を出てきた八重に声をかけられた。

「聞こえてしまいました。どうぞ、よろしいですよ。今日のお代はこの次で結構でございますから」

　八重はそう言うと、新八郎たちを店に案内してくれたのであった。

　そういう訳だから仙蔵は、まるで自分が金を融通してきたとでもいわんばかりに新八郎にくっついて店まで来ると、二人の側にすいと座って、勝手に仲間入りして

いるのであった。

「それじゃあ一杯だけ、頂戴(ちょうだい)いたします」

茂助は遠慮勝ちに盃を空けた。

「まあまあ、遠慮しなさんな。このお江戸の酒など滅多に口にすることはねえでやしょう?」

仙蔵が自慢たらしく言って茂助の盃に酒を注いだ。

茂助も嫌いな方ではないらしく、ぐい、ぐいっと勧められるままに飲んだ後、盃を膳に置いて新八郎を見た。

「青柳様、あっしの娘はお杉(すぎ)と申しますが、奉公先から縁談を頂きやしてね。ですがあっしは、それをお断りするためにはるばるやって来たのでございやす」

大きな溜(た)め息(いき)をついた。

「またそれは……縁談を断るとは……何か不都合なことでもあるのか」

「身分が違います」

「身分だと……」

「娘は野育ちでございます。大店(おおだな)の若旦那の嫁になど、なれる筈がございません」

「すると何か、娘御の相手というのは、今奉公している先の倅（せがれ）なのか」

「はい。雑穀問屋の『和泉屋（いずみや）』さんの若旦那でございます」

「雑穀問屋の和泉屋……結構な話ではないか」

「いいえ、それが、若旦那というお人は、たいへんな遊び人だそうでございまして、家の商いを手伝うどころか、夜毎（よごと）遊び回っているようですから、そんなお人とはとてもとても……とはいえ、縁談を断れば、娘は和泉屋さんで奉公を続ける訳にもいきません。それで娘も悩みまして、ここは親のあっしが出ていくしかねえと存じましてね」

「茂助、人は見かけによらぬということもあるぞ」

「それはそうでございましょうが、田舎者のあっしには、とてもそういう所まで見抜ける力はございません」

「旦那、茂助とっつぁんに代わって、相手の男、若旦那を見定めてやったらどうですかね」

　仙蔵の言葉に、茂助は飛びついた。

「青柳様、お願いできませんでしょうか」

「うむ」

新八郎は頷いた。

茂助の頼みを嫌とは言えぬ新八郎である。

この男のために、今の俺が出来る唯一の恩返しかもしれん。新八郎はとっさにそう思った。

「わかった。お前と一緒に、和泉屋の若旦那とやらを見定めてやる」

「ありがとうございやす。正直、あっしは田舎者でございやすから、侮られてはならぬと、不安だったのでございます」

茂助は、ほっとした表情をみせた。

すると横から仙蔵が言った。

「旦那、あっしが必要なら、なんなりとおっしゃって下さいやし。あっしは明日から、ここの八重さんの口利き(くちき)で、北町奉行所同心、長谷啓之進(はせけいのしん)様の手下として、八(はち)面六臂(めんろっぴ)の……」

「待て、仙蔵」

新八郎は、突然突拍子もない話を始めた仙蔵の言葉を遮ると、

「同心の手下だと……お前は明日から岡っ引になるというのか」

意外な話に、目を丸くして聞いた。

「新八郎様、実はこういうことなのでございます」

その時、盆に肴を載せて、にこにこして八重がやってきた。

「いつだったか……そうそう、盗賊夜嵐の鬼蔵の一味を捕縛する時に、仙蔵さんが与力の秋山鉄之助様にお知らせに走ったことがございましたね」

「筆屋母娘が巻き込まれた、あの一件です旦那」

側から仙蔵がまた口を挟んだ。

「うむ」

「あの折のことを秋山様は覚えていらっしゃいましてね。先日こちらに参られた折に、長谷様とおっしゃる同心の方が手下を探しているのだが、あの仙蔵という男はどうかとお尋ねになったのです。それで私は包み隠さず、昔はこれこれこうで、でも今は、青柳様とおっしゃる方の言葉を守って、まっとうな暮らしをしていると伝えました。すると、そんな昔があるのなら駄目だとおっしゃるのかと思ったら、面白い、そう申されて、長谷は頭が固いからちょうどいいだろうなどと……それでしばらく、長谷様の手下として試していただくことになったのです」

八重は仙蔵を見て、くすくす笑った。

「へい、そういうことでございやして。まだ十手は頂けやせんが、じゃん！」

なんと、仙蔵は突然懐から、小振りの木で作った十手を出したのである。

「まったく、お前は……そんな物は振り回さぬほうがいい。お前は調子のりだから怪我をするぞ」

新八郎は、ちくりと仙蔵にお灸を据えた。


茂助の娘、お杉が奉公する雑穀問屋和泉屋は、西堀留川沿いの伊勢町にあった。

この辺りは、諸国から様々な物資が運ばれて来る。雑穀を扱う和泉屋も、他の問屋と肩を並べて暖簾を靡かせていた。

間口は七、八間で奥行きのある店だった。

新八郎が茂助と通された奥座敷も、手入れされた庭に面していて、贅を尽くした佇まいではないが、堅実で実直な暮らしがこの家にはあるように見受けられた。

「私ども稲垣村の雑穀は、こちらのお店で一手に扱って頂いておりまして、そういう繋がりもあったものですから、お杉はこちらにお世話になったのでございます」

茂助は、待たされている間に、新八郎に耳打ちした。

まもなく、廊下を渡ってくる足音がして、

「旦那様でございます」

手代が廊下に蹲ると、彫りの深い背の高い男が入って来て、二人の前に座った。

「和泉屋郷右衛門です」

「お杉の父親の茂助と申します。お杉がお世話になっております」

茂助は、かちんこちんになって言った。

「いやいや、こちらこそ。お杉はね、よく働いてくれます。少し風邪気味のようなので今日は休んでもらっていますが、後ほどゆっくり会ってあげて下さい」

和泉屋はそう言うと、側にいる新八郎に目を向けた。どちら様ですかと尋ねる顔で新八郎を見た。

「青柳新八郎と申す。国は平山藩だがゆえあって家督を弟に譲り、この江戸で暮らしている。茂助とは昔からの知り合いでな、道に迷ってはと思ってついてきた」

「それはご苦労様でございます。後ほど近くの小料理屋にご案内致しますので、茂助さんと一緒にお楽しみ下さいませ」

　和泉屋は人のよさそうな笑みを浮かべると、

「お聞きになっていると存じますが、茂助さんとはいずれ親戚同士ということになります。茂助さん同様、私どもともよろしくおつき合い下さいまし」

　頭を下げた。

「和泉屋さん。私がこの江戸に参ったのは、その、お杉の縁談の話でございます……」

　茂助は言いにくそうな顔で言った。

「これほど勿体ない話はございませんが、どう考えても和泉屋さんとあっしの家では身分が違います。お杉のような娘を嫁にして頂いて、後々お店に不都合があってはと存じまして……」

「茂助さん、まさか、縁談を断りに出てこられたのではないでしょうな」

　和泉屋の顔色が変わった。

　茂助は、おそるおそる話を続けた。

「田舎娘ですので、大店の娘さんが身につけているような行儀作法も知りません」

「そんなことはありませんよ。確かにお茶やお花などというものは、お杉は知りませんが、そんなものはこれから身につければよろしいことです。お杉はね、働き者だし、気立てがいい。それに文字の読み書きも、私が見たかぎりたいへんなものです。私はね、そこいらのお嬢様育ちの娘より、よっぽどお杉の方が優れていると思っていますよ」

「勿体ないことを……」

思いがけない主の言葉に、ますます茂助は恐縮がって身を縮めた。

「茂助さん、私の亡くなった家内も田舎育ちの人でした。親父が私と娶せてくれたのですが、働き者で貞淑な女房を貰って、私は幸せだったと思っています」

「しかも娘は、器量よしというのではございません。どこにでもありふれた女子です」

「倅がぞっこんです。それでいいではありませんか、茂助さん」

和泉屋は強い口調で言った。

「和泉屋さん……」

和泉屋の気迫に、さすがの茂助も驚きを隠せない。

新八郎にしたって、どうせどら息子のいっときの気紛れかもしれぬと疑ってついて来たのだが、父親である和泉屋自身が、茂助の娘を気にいっている様子に驚いていた。

和泉屋は、そんな二人の顔を交互に見ながら話を継いだ。

「お恥ずかしい話ですが、倅は母親が亡くなってからというもの、家の商いには目も向けずに遊び暮らしておりました。これでは和泉屋はおしまいだと、私も困り果てまして所帯を持つように勧めました。むろん、最初に嫁にと勧めたのは、さる大店の娘さんでした。すると友之助は……ああ、倅は友之助というのですが、嫁をとるならお杉しかいないと、そう言ったのです。自分の意思を通してくれたら商いにも精を出すなどと、殊勝なことまで言い出しましてね……そういうことです。当のお杉も迷っている様子ですが、親としては、息子の気持ちを汲んでやりたいと思っています。どうでしょうか。息子をじっくり見てやってください。それでも不安だというのでしたら、仕方がありませんが……」

和泉屋は自身に納得させるように頷いた。だがすぐに、顔を曇らせて言った。

「ただ、お杉についてはは心配なことがひとつ……先程風邪をひいて寝込んでいると言いましたが、先日のあの大雨の日に濡れて帰ってきましてね。それで風邪をひいたのだと思いますが、それだけではない様子です。何かに怯えているようなんです」

　和泉屋は、ちらと新八郎を見た。

「怯えている……何に怯えているのかわからぬのか」

　新八郎は茂助をちらと見て聞いた。

「はい。口を噤んで言いません。お医者にも診てもらいましたが、余程怖いことがあったんじゃないかと、そう言います。あの日は大変な雷が鳴り響いておりましたからね、それかも知れないと考えてもみたのですが……父親の茂助さんにならしゃべってくれるかもしれません。お杉の胸のうち、聞いてやっていただけたらと思います」

「そこまで案じて下さっているとは……勿体ないことです」

　茂助は、思いも寄らぬ和泉屋の言葉に、感激したように頭をさげた。

「旦那様……」

　その時廊下に女中が膝をついた。

小さくその女中が郷右衛門に頷くと、郷右衛門もそれを待っていたかのように、茂助に言った。

「茂助さん。お杉が待っています。存分に過ごして下さい」

そしてその女中に、お杉の部屋まで二人を案内させたのであった。

「おとっつぁん、夢じゃないのね。まさか、おとっつぁんが来てくれるなんて……」

お杉は、和泉屋の女中部屋の一室に、茂助が入って行くと、目に涙を浮かべてほっとした表情をみせた。

部屋の隅には布団がきちんと畳んで重ねてあった。

どうやら先程まで伏せっていたらしく、少しやつれた感じがしたが、ふっくらとした体つきに、一重の黒い目、それにきゅっとひき締めた唇が、なんとも慎ましく見える娘だった。

「どうぞごゆっくり」

和泉屋の言いつけでお杉の部屋に案内した女中が、茶を淹れて出ていくと、

「あの子、おみよちゃんていうんだけど、この部屋で一緒に暮らしている人なの」

お杉は言い、ほほ笑んだ。

その顔には、おみよという同僚と楽しくやっている暮らしの一端が見えるようだった。

部屋にはしゃれた簞笥も置かれてあった。

その簞笥の中にある茶器で、おみよはおままごとのように、新八郎と茂助に茶を淹れてくれたのである。

衣桁には、茂助の知らない小袖がかかっていた。

茂助は新八郎のことを、国のお武家様で何かと相談にのって頂いている青柳様だと紹介し、

「若旦那とのことも、おとっつぁんの判断だけでは心許ねえ。それで一緒にこちらまで来て頂いたんだ」

と、ありがたそうな目を新八郎に送ったのち、

「風邪をひいたらしいが、もういいのか」

お杉に心配そうな顔で聞いた。

「大事ねえ、もう風邪はいいんだ。旦那様が評判のいいお医者様にみせて下さったからな……ほんと、よくして頂いてるだ」

お杉の言葉の端々には、しまい込んでいた国の訛りが、ちらと見えた。

「そうだな。おとっつぁんもそう思ったで、嬉しかった。ただその旦那様が、何かにお前が怯えていると、そう言いなさる」

「………」

お杉の顔が突然強張った。お杉は口を固く結んで俯いた。

「お杉、何があったのだ。ここにおられる青柳様は、難しい相談ごとも解決して下さるお方だ。なんでも話してみろ……お杉」

茂助は必死に促した。

この江戸に逗留している間に、なんとしてでも娘の不安を取り除いてやりたい、そんな親心が窺えた。

じっと娘の言葉を待つ茂助、そして逡巡して俯いているお杉、二人の沈黙はしばらく続いた。

「おとっつぁん、実はね……」

お杉が何かを決心したように顔を上げた時、すらりと戸が開いて、

「お杉」

若い男が入って来た。

男は和泉屋の主、郷右衛門に面差しがよく似た男だった。

「若旦那様……」

お杉は、驚いた顔で男を見迎えると、我に返ったように父親に向いて紹介した。

「おとっつぁん、友之助様です」

お杉の声には、明らかに動揺があった。

新八郎は、小首を傾げた。

お杉が友之助を見る目は、単なる身分違いの縁組みを申し込まれている主家の若旦那に対する気後れとかはにかみという以上の、一種の恐れを抱いているような、そんな気がしたのである。

友之助が茂助に挨拶をし、お杉の体を案じている話をしている間も、お杉は口を噤んだまま聞いていていた。

若旦那の友之助は、新八郎が考えていたほど遊び人という風情ではなかった。

確かに体のどこかに、投げやりな、退廃的な雰囲気がないわけではないが、部屋に入って来た時の若旦那の表情には、これから義父となるべき人にきちんと挨拶をしておこうという礼節を忘れない男の分別が感じとれたのである。

ただ、お杉は、父親に何かを伝えようとした筈だったが、友之助の出現で、また口を閉ざしたように見えた。

どうやらそのことは、友之助にさえ知られたくない話なのだと、新八郎はお杉の表情から察知した。

「茂助……」

新八郎は茂助に頷くと、一人で部屋の外に出た。

他人に遠慮することなく、親子の対面をさせてやりたい、そう思ったのである。

庭に降りて裏手に回ると、井戸端で先程の女中が大根を洗っていた。

「おみよと言ったな」

新八郎が声をかけると、おみよは頷いて手を止めた。

「知っていることでいいんだが、お杉の様子がおかしくなったのは、一昨日の、あの大雨と雷の日の後だな」

「はい。お杉さんは雨が止んだ後、もう夕暮れ時だったと思いますが、真っ青な顔をして帰ってきたのです。何かに怯えるようになったのはそれからです。夜中に眠っていても、突然恐ろしい声をあげたり……」

「いったいあの日、お杉はどこに出かけていたのだ」

「富沢町にいろんな小鳥をたくさん飼っているご隠居さんがいるんですが、そこに、稗とか粟とか、鳥の餌を届けに行ったのです」

「ほう……なんという家だね」

「十軒店に雛人形店を出している『寿屋』のご隠居様のお住まいです。横丁に入った仕舞屋です」

「ご隠居の名は？」

「おむらさんです」

おみよは怪訝な顔で、目をぱちくりしてみせた。

三

「和泉屋のお杉さん……はい、こちらに来て下さいましたよ」

雛人形店寿屋のご隠居おむらは、鳥籠(とりかご)から顔を離すと、首を回して、庭に立った新八郎を見た。

仕舞屋の縁側には、大小の鳥籠が幾つも並べられている。その鳥籠一つ一つに、おむらは餌と水を補給していたところだった。

「ほう……」

新八郎は、つい目を細めた。鳥籠に入っている山の小鳥を見るのも久し振りだった。おむらに次の質問をぶつけるよりも、鳥への興味が先に立った。

「ふむ。これはめじろだな」

ある鳥籠の中を覗きながら言った。

「おや、よくご存じですね」

「子供の頃に鳥もちを持って山に小鳥を捕りに行ったことがある……これは、やまがらだ」

「はい」

おむらは嬉しそうに言い、子供が謎かけでもするように、

「じゃあこれは……これはわかるでしょう」

もう一つの籠を指した。

「ほおじろだ」

「これは？」

「うぐいすだ」

「じゃこれは？」

おむらは、はしゃいだ声で一際大きな籠を指した。

「いんこだな」

「そう、美しいでしょう。和泉屋のお杉さんも小鳥が大好きで、餌を届けて下さった時などは、ここでしばらく私の相手をしてくれましてね、お国で見た鳥の話をしてくれます。だから、うちに餌を届けて下さるのはお杉さんじゃないと駄目、他の人をよこしたりしたら、私の息子のお店も、私が紹介したお友だちのお店も、取引

は止めますから、他の店にお願いしますからって、そんな脅しをかけましてね、お杉さんに運んでもらっているんですよ」

おむらは、お杉との会話を楽しみにしているのだと言った。

おむらの話を聞いているだけで、お杉の人となりがわかろうというものである。お杉はなかなかどうして、田舎出のただの女中ではなかった。

主の郷右衛門がお杉を見込んだだけあって、お杉は立派に取引先獲得に一役買っているようだった。

「それはそうと、お杉のことだが、この前ここを出たのは何時頃だったのだ」

新八郎は話を戻した。

怪訝な顔をおむらは向けた。

「いや、ここで何かあったというのではない。あの日、お杉はどこかで恐ろしい目にあったらしく、店に帰ってきて寝込んでしまったのだ。ずっと怯えている節がある。その訳をつき止めて、お杉の怯えを取り除いてやることはできないものかと、ここを出た後の行動を調べているのだ」

新八郎は言った。おむらはそれで納得がいったのか、

「お杉さんが帰ったのは、あの激しい雨と雷が鳴る少し前でしたよ」

記憶を呼び起こすような目を一瞬泳がせた後、視線を新八郎に戻して、確信ありげに頷いた。

「ほう……では八ツ半ごろかな」

「そうですね」

おむらは相槌を打ち、

「あの雨が来る少し前に、俄に空が暗くなったでしょ。気持ちの悪いような暗さでしたが、お杉さんはそれを見てお店に引き返すことにしたんです。私は、途中で雨にあっては大変だからと、傘を持っていらっしゃいと勧めたんですが、大丈夫だって言いましてね、元気に帰って行きました。でも、お杉さんがこの家を出て、いくらもしないうちに雨が落ちてきましたからね。それもすごい雨で、おまけに雷まで……。それで、今日は息子のところにお使いに出していますが、私の身の回りの世話をしてくれているお民さんという人に傘を持たせて、お杉さんを追っかけて貰ったんです。でも追いつけずに、もう近くにはいなかったって、帰ってきたんです。どこかで雨宿りしてくれていますようにって、私、祈っていたんですが……」

おむらは言った。

富沢町のおむらの家を出た新八郎は、新道を西に向かった。

まっすぐ東堀留まで出て、堀端通りを北に取った。和国橋を渡り、更に西に向かって歩き、西堀留に出て中の橋を渡れば和泉屋の店が有る。

新八郎はその道筋を、お杉が通ったであろうあとを辿(たど)ってみることにしたのである。

眩(まぶ)しいほどの日の光を踏みながら、新八郎は今頃一人で娘の先行きを案じているに違いない、茂助の姿を思い出していた。

昨日和泉屋を辞したあとの茂助は、一度に様々な物を見聞きして、頭の中も混乱したらしく、親としてどのようにしてやったらよいのか戸惑っているようだった。

降って湧いたような突然の身分違いの縁談話にびっくりした茂助は、そのことの解決だけでも思案に余るのに、思いもよらなかったお杉の異変に接し、いまや縁談云々(うんぬん)よりも、お杉を怯えさせている恐ろしげな何かを突き止めることがまず先決だと考えているようだった。

だがお杉は、言いかけていた口を噤んだ。あの後もついに、父親にさえ何も明かそうとはしなかったのである。

「側に若旦那がいましたからね。それで話せないのかと思いやしたが……」

茂助はそう言い、自分の滞在もあと十日あまり、その間に名主から預かって来た書状を平山藩邸に届け、村の山肌で収穫の始まった殖産産業の櫨の収穫についても、詳しく報告しなければならないのだと言った。

自分の滞在中に、なんとかお杉の怯えの種をつきとめて頂けないものでございましょうかと、茂助は改めて新八郎に頼んだのであった。

「私には西も東もわかりません。こんなことをお願いしては申し訳ないのですが、どうかお助け下さいませ」

そうまで頼まれて引き下がれる新八郎ではない。

まして茂助は、危険を顧みず、志野の手紙を今まで守っていてくれた恩人である。

――おや。

新八郎が、長谷川町の三光稲荷の前を通りかかった時である。

鳥居の奥に、ちらと仙蔵の姿を見た。

いや、仙蔵だけではなく、町方同心の姿も見えたような感じがした。

境内(けいだい)は周囲を囲むようにして樹木が植えられていて、緑の光が樹木の枝葉の隙間(すきま)から落ちている。

すがすがしく、癒(いや)しの場であるその境内に、仙蔵と同心の姿は似つかわしくなかった。

新八郎は鳥居をくぐって中に入った。

木洩(こも)れ日を踏んで社(やしろ)に近づくと、やはり仙蔵が稲荷をおさめている堂の後ろ側から出てきた。

「仙蔵」

新八郎が声をかけると、

「これは旦那」

仙蔵は、とってつけたしたり顔で近づいて来た。

「何をしているのだ」

「旦那、ここで先日、殺しがあったんでございやすよ」

「何……殺しだと」

「へい」

仙蔵は神妙な顔で頷くと、後ろを振り返って呼んだ。

「旦那……長谷の旦那」

すると、アオキの茂った向こうから、若い同心がガサガサ音を立てながら出てきた。

まだ若い同心だった。目も鼻も造りが小さく、色の白いひ弱な感じのする男だった。

「長谷の旦那、こちらが青柳の旦那でございやす」

仙蔵は新八郎を長谷啓之進に紹介した。

「噂は仙蔵からお聞きしています。剣術の腕もあり、これまでに幾つもの事件を、見捨ててはおけぬと御尽力くだされた奇特なお方だということも……私は新参者、よろしくお願いします」

啓之進ははにかんで頭を下げた。

なるほど初々しさが窺える。

啓之進は、家督を継いでまだ間がないのだと言い、しかも自分は正規の定町廻りではなく、誰が同心として脈があるか、新米同士、競わされている、いわば見習いの若輩です、と笑った。

「そういう事情ですので、仙蔵は頼りになります」

啓之進は仙蔵を持ち上げた。

気を良くしたのは仙蔵である。

新八郎の肩に体を寄せると、

「青柳の旦那、その殺しですがね、誰が殺されていたのだと思います？……民弥(たみや)という茶坊主あがりの島帰りの男だったんです」

耳打ちするように言った。

仙蔵は、岡っ引ではない。岡っ引の手下の下っ引のような者で、しかもこの度は与力の秋山の口利きで啓之進のお供をしている程度の者だが、一見すると、ずっと捕物に携わってきた切れ者の十手持ちに化けている。

仙蔵は、職業を替える度にその職業になりきってしまうから見事である。

とうがらし売りとして、赤い頭巾(ずきん)に赤いとうがらしの張り子を首にぶらさげて市中を歩いていたかと思えば、歯磨き売りになってみたり、船頭の修業をしてみたり、その度に格好だけは一人前だ。

しかし玉に瑕とはよく言ったもので、いずれも長続きはしない。

一番長く続いたのは巾着切りだったようだったが、これは新八郎が自分の懐を狙われた時に、その腕をねじ伏せて、こんこんと説教して足を洗わせたという経緯がある。

「島帰りがここでな……」

新八郎は、自分の反応を待っているかに見える二人の気配に応じて、辺りを見渡した。

すると、啓之進が仙蔵の後をとって話を継いだ。

「この春、御赦免船で帰ってきたばかりの男です。殺されていたのは、ちょうどあの大雨が降った頃で、ここで殴られたり蹴られたりしたらしく、全身泥だらけ傷だらけでした。もっとも、死因は心の臓を貫いた刃物傷でしたが……」

「そうか……あの大雨の日に殺しがあったのか」

「はい。ああいう天気では、外に出る者もおりませんからね。ましてこんな所までわざわざ入って来る者はおりません。雨が死角になったようです」

啓之進の表情は、どこかに、新八郎の意見を求める顔になっていた。

「啓之進どの。その男、民弥とかいう男は、いったい何の罪で流されていたのだ」

「女犯の罪です。三宅島に流されていたのですが、丸五年で御赦免になったようです」

「すると……その事件の主犯格ではなかったようだな」

「まだ詳しくは調べておりませんが、おそらく……何しろ私にとっても初めてのことですから、こうして入念に犯人が何か残していないか調べているのですが……」

啓之進はまだ手がかりをつかんではいないのだと言い、自信なさげな顔で辺りを見渡した。

——まさかとは思うが……。

新八郎の胸に、ひとつの疑心が生まれていた。

四

「お帰りでございますか、新八郎様」

戸口で八重の声がした。

ちょうど新八郎が、出先から長屋に帰って釜の蓋をとったところだった。

釜の中には一握りほどの飯が焦げついて残っていて、湯を沸かし、それを釜に流し込んで焦げた飯をこそげおとして、夜食にしようかと考えていたところだった。

時刻はもう五ツは過ぎていた。

「おう、八重どのか」

新八郎は、慌てて釜に蓋をして振り返った。

「お食事はもう済みましたでしょうね」

青白い夜の景色を背に、八重は家の中に入ってきた。

行灯の灯の中に、八重の白い顔と、その手に抱いている折箱が見えた。

「いや、今帰って来たところで、これからだ」

「よかった。じゃあこれね、よろしかったらどうぞ」

八重は上がり框に腰を据えると、板の間に折箱を置いた。

折の箱といっても、布巾を蓋がわりにした半端になった折箱を利用した物である。

「ほう……」

布巾を取ると、握り飯と、数種のおかずが入っていた。

「これはごぼうの甘煮です。そしてこちらが桜煎、座禅豆と大根のお漬物です」

ひとつひとつ説明した。

桜煎とは、蛸の足を薄く小口切りにして、だしとたまりなどで煮た物だが、煮あがると形や色が桜のはなびらのようになることから、そう呼ばれている煮物であった。

「これは……助かる。いつもすまぬ」

「いいえ、夏は足が早いですから、食べていただいた方が良いのです」

八重が折箱を押しやった時、手を伸ばしてきた新八郎の手と触れた。

はっとして八重が手をひっ込めた。

新八郎もどきりとしたが、素知らぬ顔で折箱を引き寄せた。

焦げた飯の匂いにかわって、八重の甘い髪の香りが新八郎の鼻をくすぐった。

息詰まるような空気に包まれたが、八重が腰を上げた。

そして、思い出したように言った。

「そうそう、今日のお昼に多聞様がいらっしゃいましたよ」

「ほう、しばらく会ってないが、あいつ、いま何をやっているのだ」

「なんでもさるおめかけさんが、飼っていた猫がいなくなってしまいまして、それを捜しているのだとか言ってましたね。結構お手当てもよろしいとかで、新八郎様はどうなさっておられるのかと、心配していらっしゃいました」

「ふむ……」

我先に割のいい仕事を先取りするくせに、人の心配までしてくれるとは少し余裕があるとみえる。

新八郎は苦笑した。その時である。

「こりゃあどうも……旦那、ちょいと失礼して」

仙蔵は二人を交互に見て、にやりと笑いながら入って来た。

「いや、先の殺しのことで旦那にお知らせしておいたほうがいいかもしれないと思いやしてね」

上がり框に座ったが、ふと新八郎の手元を見た。

「やや、八重さんですね。その折は……いいなあ、いいなあ」

八重をちらちらと、羨（うらや）ましそうに見た。

八重はくすくす笑って、

「仙蔵さんの分もお持ちしますよ」

「えっ、本当ですかい」

「ええ、まだ少し残っています。わたくしはもう夜食は終わっておりますから。じゃ、ここに持ってきましょう」

八重が出ていくと、

「ありがたい」

仙蔵は手を打って喜んだ。

「ずうずうしいぞ、仙蔵」

「またまた。旦那だってあっしと似たようなもんじゃござんせんか」

仙蔵は、へっへっと笑うと、急に真顔になって新八郎を見た。

「旦那、殺された民弥ですが、どんな悪事を働いて島流しになったのか、あの時あっしにお聞きになりやしたでしょ。わかったんですよ、それが。長谷の旦那が調べやしてね……」

仙蔵の説明によれば、民弥という男は、茶坊主あがりのならず者で、仲間たちと一緒に、向嶋の廃屋を飾りたて、霊験あらたかな次郎稲荷だと喧伝し、多くの参詣人を集めて賽銭を取っていた。

　やがて次郎稲荷は七難を救うと言う噂が立ち、多額の寄付をする者も現れるようになった。

　稲荷の本尊である狐が乗り移った民弥が祈ると、必ず希望はかなえられる、そんな評判がたったのである。家庭の中に苦のある者、病気で苦しんでいる者などが、連日、特別祈願を申し出るまでになった。

　ところがこのおごそかなる祈りの場が、ご多聞に漏れず民弥や民弥の仲間たちと、祈願をしにやって来る女たらとの情交の場と化していった。

　民弥たちは心の弱い女たちから、金と体を奪ったのであった。

　天網恢々疎にしてもらさずの言葉どおり、民弥のいんちき祈禱に騙されて、亡き夫が残していた財産全てをとられたと、訴える者が出てきて、ことは露見する破目になったのである。

　しかし、町方が捕縛のためにこの廃屋に踏み込んだ時には、民弥とその仲間は姿を消していて、廃屋には、彼等が集めた浄財は一文も残っていなかった。

一味は江戸を離れたかと思われたが、民弥が吉原に通っていることが判明、とうとう御用となった。

だが民弥は、自分一人が仕組んだことだと言い張って、仲間の名を白状することなく、一人で三宅島に流されたというのであった。

仙蔵がそこまで一気にしゃべった時、八重が仙蔵の分のお菜を皿に入れて運んで来た。

だが、八重は二人が熱心に話し込んでいるのを見て、黙って板の間にお菜の皿を置くと、新八郎に小さく目礼して帰って行った。

新八郎は無言で八重の背を見送ると、その目を仙蔵に転じて言った。

「すると……民弥の仲間はまだ捕まってはいないのだな」

「へい。あの時かき集めた金で、のうのうと暮らして来たに違いねえ、長谷の旦那もそんなことを呟いておりやした」

「そうか……」

新八郎は腕組みをして考えた。

――もしやとは思うが、ひょっとして、お杉の怯えの原因と関連があるのではなかろうか……。

お杉は、あの日、おむらの家を出て大雨に遭っている。

あの稲荷あたりで民弥と出会っていたかもしれないのであった。

「旦那、旦那は何をそんなに気にかけているんです？」

「実はな、仙蔵。お前も知っている茂助の娘のことなんだが……」

新八郎は、大雨の日を境に、怯えて暮らしているお杉のことを仙蔵に告げた。

「旦那、旦那の勘が当たっているかも知れませんよ」

「すまぬがお前は知らないことにしていてくれ。お杉のことは俺に任せて欲しいのだ」

「わかってまさ……また何か新しい話を仕入れましたらお知らせ致しやすよ」

「そうしてくれ」

事件の話はそれで終いにしたのだが、新八郎の頭の中には疑問が残った。

仮にお杉が民弥殺しに遭遇したと考えても、なぜそのことを誰にも話さないのかという疑問だった。お杉は民弥とは縁もゆかりもない筈だった。

その疑問は、仙蔵が帰った後も、いや、時が経つに連れて深くなっていったのである。

「お杉ちゃん、もういいわよ。後は私が片づけとく」

台所の棚に、茶碗や皿や膳をおさめ、戸を閉めたところで、同僚のおみよが言った。

まだこの後には、明日の朝炊く米を洗って笊に上げ、竈に火が残っていないかもう一度確かめて、土間を掃き、台所口の戸締まりをしなければならないのである。

「いいのよ。もう大丈夫だから」

「何言ってるのよ、病み上がりじゃない」

「ええでも……」

「それに、ひょっとしてお杉ちゃんは、この家の若旦那のお嫁さんになるかもしれないんだもの。その時にはお手やわらかに……」

おみよは冗談とも本気ともつかぬことを言い、くすりと笑った。

二人は同い年である。店に入ったのはおみよの方が早く、十四歳の時で、生まれは深川の裏店だと聞いている。

そしてお杉がここに入って来たのは、十七歳の時だった。

当時は、うんと年のいった古参の女中が一人いた。通いだったがおみよはむろんのこと、お杉もその女中にいろいろと教わった。

なにしろその人は、和泉屋に勤めて長かった。

郷右衛門の内儀が嫁いで来た時からの女中だから、相当な年月になる。

だが、長年勤めたその人は、おかみさんが亡くなってまもなく辞めた。

若い二人に教えることは全部教えた、自分もおかみさんが亡くなられて張り合いがなくなったと、郷右衛門には言ったという。

以後、若い二人は助け合って、和泉屋の台所を守ってきている。

本来ならずっと職場の同僚として行く筈が、近頃若旦那の友之助がお杉にぞっこんだということは、おみよは何も聞かずともわかっている。

「おみよちゃん、おみよちゃんが考えているようなことにはならないから……若旦那とは、そんな仲ではないんですから」

お杉は頰を赤くしながらも、ちょっぴり怒ったような声で言った。

「誤解しないでお杉ちゃん。私、もしそうなったらいいなって思ってるんだからね」

「おみよちゃん」

「女中と若旦那……雇われ人と主……身分の差を超えて幸運をつかもうとしているお杉ちゃんのこと、羨ましくって、いっとき許せないなって思ったこともあったけど、女中が玉の輿に乗っちゃあいけない、なんてことある筈がない。だから頑張ってほしいなって思うの」

「ありがとう。でも本当よ、おみよちゃん」

「わかったわかった。さっきも言ったように病み上がりなんだからさ、さあさ、部屋に帰った帰った」

おみよは、お杉の背中を押すようにして言った。

お杉は一人で女中部屋に帰ってきた。

火鉢の火を熾して鉄瓶をかけた。

茶箪笥からお茶の葉を出し、父の茂助が手土産に持って来てくれた米菓子を出した。

米菓子は、焙烙鍋で米を煎り、まだ熱いうちに蜂蜜をかけて固めたお菓子で、お杉が育った村ではたいへんなご馳走だった。

それを、おみよが部屋に帰って来たら、一緒に食べようと思っているのであった。

湯が沸いてきた。だがおみよはまだ帰ってこない。

お杉は、いったん鉄瓶を下におろそうとして、袂を探った。

袂にはいつも手巾を入れてある。それを取り出そうと思ったのである。

——ない。

お杉は袖の裏まで、慌ててひっくり返してみるが、やはり手巾はなかった。

——どうしよう。忘れてきたのだ。

真っ青な顔をして立ち上がった時、

「お杉いるのか」

部屋の外で、若旦那の声がした。

「はい」

立ち上がって戸を開けると、

「すまないが友達が遊びに来たのだ。お茶だけ頼む」

友之助はにこりとして言った。

「どなた様ですか」

お杉は聞いた。自分でも顔がこわ張っているのがわかった。

「卯太郎だ」

「卯太郎様……」

お杉の顔が硬直した。

「どうしたのだ、そんな怖い顔をして……お前も顔ぐらいは知ってるだろ」

「若旦那……あの、あの、卯太郎さんとはおつき合いしない方が……なんだか嫌な予感がするんです」

「何を言うのだ、卯太郎は親友だ」

友之助の顔が曇った。

「もう頼まん」

険しい目でお杉を見据えた。

だがお杉は、その視線を跳ね返すように、小さな声だが強い口調で言ったのである。

「でも、よくない噂があります」

「お杉」

友之助は、呆気にとられてお杉を見たが、

「もういい」

怒って奥に引き上げて行った。

お杉は、乱暴に廊下を踏み締めて去る友之助を見送ると、急いで自室に入って座り、両手を胸に当てて荒い息を吐いた。

青い顔をしていた。心の臓も飛び出しそうに脈を打っていた。

「お杉ちゃん、どうしたの」

おみよが帰って来て、息苦しそうなお杉に駆け寄った。

「大丈夫……」

お杉は苦しそうな声で答えた。

「大丈夫じゃないでしょ。若旦那と何があったの……今だって若旦那は怒って帰って行ったじゃない。この間からずっとそう。お杉ちゃんは若旦那を避けてるでしょ」

「………」

「あんたのお父さんだって、このままでは安心してお国に帰れやしない。違うかしら」

「おみよちゃん」

「皆心配してるんだから」

お杉は頷いた。おみよの気持ちが有り難くて、涙がこぼれそうになった。だが、

「心配かけて御免なさい。でも……でも」

お杉は、またしても口を噤んだのである。

五

お杉は翌日、昼食の後片づけを済ませると、小走りして三光稲荷までやって来た。恐る恐る鳥居をくぐって境内に入ると、まっすぐ稲荷を祭っている社の階を上り、扉を開けた。

中を窺う。

三畳ほどの板の間があり、中央の奥には狐の形をしたお稲荷さんがいる。

手前の板の間には、小さな子供御輿が一方に置いてあり、もう片方には、白木の膳や三光稲荷と書かれた幟が十数本束ねて横に置いてある。太鼓などの祭りに使う楽器などもその側に見えた。

――この間と変わってない……。

お杉は、部屋の隅にくるくる巻きにして置いてある莫蓙の側に寄った。巻いてある莫蓙は十数本ある。これも何かの行事の折に使うものに違いない。

お杉は、それらをずらしたり退かせたりして、何かを探していたが、

――ない……。

呆然として手を止めた。

立ち上がった時には、頬には白い皮膚が固く張りついていた。

感情が俄にどこかに消えてしまったような、そんな無表情な顔をして、お杉はふらふらと戸口に出た。

「ああ……」

お杉は突然、階の上でしゃがんでしまった。目は固く閉じ、耳は両手で塞いでいる。

お杉を、激しい雨と雷が襲って来たのである。

お杉を襲ったのは、それはかりではなかった。

濡れた地を踏み荒らす男の足音、砂袋を打つような鈍い音、そして辺りに籠る恐ろしげな呻き声……。

「お杉」

突然お杉を呼ぶ声がして、お杉はぎくりとして顔を上げた。

「青柳様……」

思わずお杉は口走っていた。

新八郎が社の前に静かに立ち、お杉を見守るように見ていたのである。

「お杉、どうしてここに来たのだ。何をそんなに怯えている」

「青柳様」

お杉はもう一度口走ると、恐怖で引きつった頬に、ぽろぽろと涙を零した。

「力になるぞ。親父さんのためにもお前のことを放っておくわけにはいかんのだ。なぜお前が怯えているのか。そしてなぜここにやって来たのか、話してくれ」

新八郎は、ゆっくり近づきながら言い、お杉を見上げた。

お杉はこくりと頷くと、一歩一歩確かめるようにして階段を降りてきた。

「さあ、ここなら、誰の目に触れるということもない。恐れることなく存分に話せるのではないかな」

新八郎は、お杉を新材木町にあるしるこ屋に誘った。

頃は八ツ頃で、階下は女の客で賑わっていたが、二人が居る二階の小座敷は、隣室にも向かいの部屋にも人の気配はなかった。

小女がしるこを運んで来て出ていくと、お杉はようやく落ち着きを取り戻したようだった。

新八郎に促されるまでもなく、お杉は顔を上げて新八郎の目を見て言った。

「青柳様、あの物凄い雨が降った日のことでございます……」

お杉はあの日、おむらの家を辞してまもなく、俄に降り出した大粒の雨から逃れるように足早に歩いていた。

しかし、雨はますます激しくなり、三光稲荷の前までやってきた時、突然稲妻が走り、雷が鳴った。

お杉は慌てて境内の中に走り、社の中に飛び込んだ。

袂から手巾を出して、濡れた頭を拭き、襟をくつろげて首や胸を拭いていると、明らかに大人の男と思われる足音が、ぬかるみを荒々しく踏んで社の軒下に飛び込んで来た。それも数人だと思った。

お杉は縮み上がった。

はだけた襟を慌てて合わせて、外から覗いても見つからないような隅にそっと移動した。

息を殺して男たちがこの社を去るのを待つしかない……そう決心していた。

見つかれば、悪い人たちなら、凌辱されることだってある筈だ。そういう不幸な目に遭った人の話を聞いたことがあった。

不安に押しつぶされそうになりながら、お杉は雨の止むのを祈ってじっと耳を澄ませていた。

男たちの声が聞こえてきた。

「しかし、あの時約束した筈だ。役人に捕まったら、それはそいつに運がなかったってことだってな。金は残った者が使っていいと……」

どこかで聞いたことのある声だと、お杉は思った。

するると、別の男が言った。

「確かに約束はしたよ。だがよ、俺がお前たちを役人に売っていたらどうなった？……お前たちも俺と同じ様に島流しにあってた筈だぜ」

「おめえ、何が言いたいんだ。俺たちを脅すのか」

また、先程の、どこかで声に聞き覚えのある男が言った。声には苛立ちが窺えた。

「決まってるじゃねえか。お前たちがあの金を使って面白おかしく暮らせたのは、誰のお陰だい……」

脅す男の声には、凄みが感じられた。

「俺一人が罪を被って、島流しになった。しかも、お前たちの名を役人にばらさなかった。だからお前たちは助かったんだ、そうだろ……それで、俺が御赦免にもならず、向こうでおっちんでしまってたらそれまでの話だったんだ、だがよ、運良くこうして帰ってきたんだ。おめえたちは、ご苦労賃を俺に出したって罰は当たらねえんじゃねえかと、まあ、俺が言ってるのはそういうことだ」

お杉は、話の内容を聞いて震え上がった。

どうやら男たちは昔何か悪いことをしていたらしい。そして、そのうちの一人が役人に捕まって島流しになっていた。

ところがその男が御赦免になって帰ってきたのだ。

御赦免で帰ってきた男は、昔の仲間を呼び出して、金をよこせと言っている。

――見つかったら凌辱ばかりか、殺されるかもしれない……。

お杉は激しく打ち始めた心の臓の鼓動を、そっと掌で押さえた。

「民弥の兄い……いったい、幾らほしいというんだね」

お杉の記憶にある声の男が言った。

――島送りになって帰ってきたのは、『民弥』という人なんだ。

お杉の頭の中には断片的だったが、めまぐるしく男たちの事情が刻まれて行くのだった。

その民弥が、有無を言わさぬ声音で言った。

「俺が捕まった時、お前たちには二百の金は残っていた筈だ。違うか」

「ちょっと待ってくれねえか。あれから五年が経っている。五年だぞ。当時の金がそのまま残ってる訳がねえじゃねえか」

今度の声も、今までの声とは違ったが、お杉にはどこかで聞いたことがある声だった。

「そんなことはわかってらあ。だからよ、三十両で折合おうぜ」

「三十両……」

驚いた声がした。

「なあに、俺だって独り者ならこんなことは言わねえさ。あの金が五年もの間、無傷で残っているなんておめでたい夢は持っちゃいない。しかし、島に女房とガキがいるんだ。その二人に金を送ってやりてえのさ」

「今すぐは駄目だな」

「そうでもあるまい」

民弥という男は、調べはついてるぞと言わんばかりに、にやりと笑った。

だが、その笑いが止んだと思ったら、民弥は切りつけるような声で言った。

「竹蔵、お前さんはどうやらあの金で古着屋の店を持ったらしいな。富沢町だったな、店があるのは……」

「な、何……調べたのか」

竹蔵と呼ばれた男が狼狽するのが分かった。

――竹蔵……。

お杉は小首を傾げた。

「当たり前だ。これから金を用立ててくれる相手だ、調べは念入りにやらねえとな。古着屋だけじゃねえ。お前は、時にはいい所の旦那衆を招いて賭場を開いているだろうが……」

「た、民弥……」

「そして卯太郎、てめえは小間物問屋の若旦那だ。親父もぼけてきたようだから、多少の金をくすねるのなんぞ、朝飯前ってところだろうが……」

民弥は、もう一人の男も責め立てた。

――卯太郎……小間物問屋の若旦那……。

お杉は、胸が潰れるのではないかと思った。

卯太郎という人は和泉屋の若旦那の友達の中にいる。何度か和泉屋にも来ていて、お杉はお茶やお菓子を出したことがある。

卯太郎は、情けを知らないような冷たい目の人である。

そして、竹蔵という名の人も聞いたことがあった。和泉屋に来たこともないし顔も知らないが、二人の会話からその名を聞いた記憶があった。

お杉はじっとしていられなくなって、そっと扉の方に寄って、外を覗いた。

だが三人ともお杉に背を向けて立っている。顔はわからなかった。

一見して、民弥と呼ばれている男を、二人の男が両脇から挟むようにして立っているのだけは分かった。

「言わせておけば……」

右側の男が、真ん中の民弥と思われる男の襟首をいきなりつかんだ。

「何をする」

つかまれた民弥が言った。

「今更、何だ。お前さえいなくなれば」

右側の男は左側の男に顎をしゃくると、二人して民弥の両腕を抱えるように引っつかみ、雨の降る境内に引っ張り出した。

雨は激しく、辺りは夕暮れのように暗くなっている。

対峙する三人の顔がたたきつけるような激しい雨に濡れているが、お杉のところからは目鼻立ちまでは判別出来ない。

もはや社の中のお杉には、三人が何を言い合っているのかも、わからなくなった。

ただ、激しい怒号だけが飛び交っている。

やがてもつれ合い、ぶつかり合い、三人の声は獣のうなり声にかわった。

「あっ」

お杉は声を出しそうになった。

民弥が匕首(あいくち)を抜いた。

稲妻に、その刃がきらりと光る。

民弥は、鬼のような顔をして、一人の男の胸に突っ込んだ。

だが、その男はこれを躱(かわ)した。

同時に後ろからもう一人の男が、そこにあった竹か木の棒で、民弥の背をしたたかに打った。

民弥は、よろけて泥の中に膝をついた。

その民弥を、二人の男が無言で殴り、蹴り、社の前のアオキの茂みの側にひきずって行った。一人の男が民弥が落とした匕首を拾い上げると、民弥の胸に突き刺した。

「ああっ」

お杉は、小さな声を発してしまった。

ぎろりと、民弥を刺した男がこちらを向いた。

——見つかったら殺される。

お杉は咄嗟に頭を床に突っ伏した。息を殺して外の気配を窺った。

ゆっくりと、ぴちゃぴちゃと泥を踏む音が近づいて来る。

——ああ……。

お杉は気を失いそうになった。

だがその時、鳥居の方で人の声がした。一人ではなく何人もの男の声だった。

「おい」

男の声がして、慌てて駆け逃げる二人の足音がした。

だが、お杉は身動きしないでそこにいた。動けば見つかるような気がしたのである。

しかし、鳥居の方で発した声が境内に入って来ることもなく、また、裏に逃げた二人の男が戻って来ることもなかったのである。

お杉はそこまで話すと、大きく息を吐いた。その息は震えていた。

「怖くて怖くて……」

　お杉は、怯えた目で新八郎を見た。

「そうか……すると、その時の二人が若旦那の友達だったということか……間違いないか」

「はい。あの声には聞き覚えがあります。でも確かめてはおりません。見たことは忘れよう、私が社の中にいたことをあの男たちは知らないのだから……そう言いきかせてきたのですが、私、あの社の中に手巾を置き忘れたことを、昨晩になって気がついたんです」

「では、手巾を探しにやってきたのか」

「はい」

「見つかったのか」

「いいえ、ありませんでした。もしや、あの人たちにあの後拾われているのではないかと、そう思うと、恐ろしくてなりません。あの時、こちらを見た目は、確かに社の中に誰かがいると気づいたように見えましたので」

「しかし、手巾を拾われたからといって、そなたとは思うまい」

「青柳様、あの手巾には『すぎ』とひらがなで刺繡がしてあります」

「何……」

「それだけではありません。その手巾は、雑穀問屋和泉屋がお客様に配ったものです。ですから『いずみや』という藍色の文字が白地に模様のように染め抜かれています。私はそれを二つに切って、手巾にして使っていたのでございます」

お杉は先夜、卯太郎が友之助を訪ねてきたことも新八郎に告げた。

やって来た友達が卯太郎だと聞いて、お茶を出すのを断ったことも話した。

「卯太郎さんがあの後で、社に戻って私の手巾を拾ったのではと考えると、昨夜あんな遅い時刻に和泉屋にやって来たのもわかるような気がします。私の名がお杉だということに思い当たり、あの日、あの社にいたのかどうか、確かめにきたのかもしれません」

「若旦那には、雨の日のことを話したのか」

「いえ……怖くて話してはいません。もしやと思って……」

「もしや……そうか、お杉お前は、若旦那も仲間ではないかと、そう思っているのだな」

「………」

「そうか、そういうことだったのか」

「どうすればいいのでしょうか。まさかとは思うのですが、触れるのが怖いんです」

「いいかな。そなたは何も見ていない、何も聞いてはいない、知らぬ顔の半兵衛を決め込むことだ。仮に、そなたの手巾を突きつけられても、そんな物は知らぬとな、言い切れ。それがそなたの身を危険から守ることになる」

「青柳様」

「それからむやみに外に出ぬことだ。危険を感じたら、浄瑠璃長屋に使いを寄こせ。よいな」

新八郎の言葉に、ようやくお杉は、ほっとした顔を見せた。

六

新材木町には東堀留川の水を引き入れた細長い池があり、近隣の商店はこの池の土手を利用して、搬入して来た荷物の上げ下ろしに使っている。

池の名は知らぬが、この池に面した通りに小間物問屋『田丸屋（たまるや）』の暖簾が悠然と靡いている。これが、お杉が知っている若旦那の友人、卯太郎の店だった。

間口は七、八間はあると思うが、小間物問屋としてはかなり大きな店だった。

新八郎は、釣れるかどうかもわからぬこの池の端に、今朝から菅笠（すげがさ）を被ってゆったりと座り、糸を垂れて魚釣りをするふりをしながら田丸屋を見張っていた。

だが、はじめはなぜこのような立派な店の若旦那が犯罪に手を染めるのか、店構えを見た限りでは新八郎は半信半疑だった。

小間物問屋の若旦那で卯太郎という名の者は、お杉の知っている卯太郎以外にいるかもしれないのである。

なにしろお杉は、殺人者たちの顔をはっきり見た訳ではない。証拠は目に見えない声だけである。

今のところは、お杉の証言が唯一の手がかりである。

田丸屋の卯太郎の行動を追えば、必ず何かが見えてくる筈だった。

殺しに関わりがあってもなくても、田丸屋の卯太郎を調べることが、事件解決には必要だと新八郎は思ったのである。

果たして、お杉の話は、調べるうちに信憑性を増していった。

たとえば、田丸屋に出入りする小売りの小間物屋をつかまえて、田丸屋の家の事情を聞いたところ、卯太郎が犯罪に手を染める危険なところにいるのがわかった。

田丸屋は名を七兵衛というが、女房のおまさとの間に子がなかった。

そこで、七兵衛は自分の妹の子を養子に迎えた。それが卯太郎だった。

卯太郎は十三の時に、田丸屋に貰われてきたのである。

幼い頃からの養子ではないから、卯太郎には義父母に対して当初から遠慮があったようである。

また、七兵衛は仲間うちでも倹約家で、陰では七兵衛をもじってケチ兵衛などと言われているほどだから、当然、養子の卯太郎に渡す小遣いには渋い。小間物問屋の若旦那とは思えないような小遣いらしい。

気の毒に思うおまさが、亭主に内緒で小遣いを渡してやっているらしいが、それにしたってまだ足りないようだ。

そもそも卯太郎は、養子になったものの養父から期待もかけられず、仕事も任せて貰えない。

腐る気持ちを遊びや博打に求めるようになっていった。

それを端から見ている者は、七兵衛はもっと上手に卯太郎を育てあげればよいものをと思うようだが、子を持ったことのない七兵衛にはそれが出来なかった。商いをするようにはいかなかったらしいのである。

結局、卯太郎と養父の間には、越えられぬ溝が出来てしまった。家の中はうまくいってないのだと、出入りの小間物屋は新八郎に言ったのである。

話を聞けば卯太郎にも同情すべき点はある。しかし、だからといって悪に手を染めていい筈がない。

お杉の話が本当なら、今や卯太郎は人殺しの片割れである。

民弥を殺したその手で、いつお杉を狙ってくるか知れたものではない。

そこで新八郎は、朝から田丸屋を張り込んでいるのであった。

「旦那、遅くなりやして」

仙蔵が走って来て、新八郎の側に腰を下ろした。

「民弥殺しの匕首の傷ですが、旦那から聞きましたお杉さんの話の通り、胸をひと突きだったようでございやす」

「ふむ」

「それと、竹蔵という名の男のことですがね、五年と少し前、民弥が遠島になった事件で仲間として名が上がっていたらしいです」

「何者だ」

「今は富沢町で古着屋をやっていやすが、五年前は賭場に出入りする中間でした。それもさる藩邸に雇われていた渡り中間でしたが、その藩邸で茶坊主をしていたのが民弥という男でした」

「その屋敷は……」

「尾張様でございやす。ただ、二人ともいんちき稲荷を始めた時には、屋敷は追い出されていたようですから……」

「民弥と竹蔵の繋がりは古かったということか」

「へい。その二人に卯太郎が後から加わったということですかね」

「その卯太郎だが、そこの、田丸屋の卯太郎なのか……」

「それはあっしも同様で……それさえはっきりすれば、民弥殺しでしょっぴけるんですがね」

仙蔵は、すっかり岡っ引気取りの口調できぱきと言い、

「旦那、あっしはこれから古着屋にまわってみようと思いやす。竹蔵が賭博をやれば即刻お縄にするつもりです。そうしておいて、過去のいんちき稲荷の一件や、今度の民弥殺しを吐かせればいいってね。これは長谷の旦那が上役から知恵を授かったことらしいや……」

まどろっこしいやり方ですがね、とつけ加えて、仙蔵は帰って行った。

それから一刻も経った頃だったろうか、田丸屋の店先に見知らぬ女が立った。着古した木綿の絣模様の着物を短く着て、頭をひっつめるように束ねた色黒の女だった。一見して江戸者ではなかった。

女はいったん店の中に入ったが、まもなく卯太郎と思われる男と店の者の手によってつまみ出された。

女は土の上に転んだ。そのままで、きっと卯太郎を睨む。

そして、もう一度店の中に入ろうとした卯太郎の足に、女が飛びつくようにして

しがみついた。

「返せ、あの人を返せ！」

「知らん」

卯太郎は女を突き飛ばした。

「あっ」

女は地面にたたきつけられるように転んだ。

だが女はもう一度立ち上がった。

再び卯太郎に取りすがろうとして近づいた時、店の男にその腕をつかまれた。

だがこの時、

「止めろ」

店の男の腕を捩(ね)じ上げた者がいる。多聞だった。

「いったいどうしたのだ」

「旦那、それはこっちで聞きたいものです。この女はいきなり店に現れて、若旦那に亭主を返せのなんのと因縁をつけたんです。これ以上しつこく言い募るのなら番屋に突き出させて頂きます」

多聞は店の男の腕を離して女を見た。

「おらは、いい加減なことを言ってるんじゃねえ」

女は叫ぶ。

「とにかく、こちらは知らないことです。お引取り下さい」

店の男は女にそう言うと、憮然として店の中に消えた。

「ちくしょう」

女は叫んだ。

その時である。

「多聞、俺だ」

新八郎は菅笠を取って歩み寄った。

「新八郎」

驚いた多聞に、新八郎は張りこんでいたいきさつを短く聞かせ、

「おぬしこそどうしたのだ」

新八郎が聞いた。

「いや、たまたま通りかかったのだが、しかしいったい何だ、この店に何かあるの

か」

多聞は、新八郎を見て、側にいる女を見た。

「ここではなんだ。すぐそこに蕎麦屋がある」

新八郎は、多聞と女を連れて、近くの蕎麦屋に入った。

客はまばらで、三人は飯台を囲んで、ゆったりと椅子にかけた。

女はおずおずついて来た。

蕎麦屋に到着するまでに、女は名を名乗った。名前はハル、三宅島の住人だと言った。

新八郎の胸に、ことりと落ちたものがあった。

ハルは三宅島の女である。三宅島は民弥が流されていた島だった。

「話してみなさい。あの人を返せとは誰のことだね。それに、お前はまだ江戸に来てまもないようだが……」

「はい。どうかお力添えを……。おらは三宅島に流されていた民弥という者の女房でございやす」

「民弥の女房だと」

新八郎は絶句した。

「この春、あの人は御赦免になりまして、この江戸に戻ってきましたが、おらとの間には女の子も一人いまして、こちらに帰ってまいります時に、いつか迎えに行くから二人は島で待っててくれと言われました。おそらく、この江戸で暮らすといったって、島帰りの女房子供では後ろ指をさされるだけ。そんな思いをおらと娘にさせたくはねえ、そう思ったものだと思います」

ハルは、化粧けのない顔で新八郎を、そして多聞を見た。

「それなのに、おらは……おらは……」

ハルは、自分で自分の頬を打った。

「ハル……よしなさい」

新八郎が優しい声で窘めた。

「お武家さま……」

ハルは、縋るような目で話を継いだ。

「亭主の心を疑ってしまったんでございやす……」

ハルは、自分たちが島に置き去りにされるのは、民弥には江戸に昔の女がいるに違いないなどと疑ってしまったのである。

嫉妬と寂しさがつのったハルは、娘を両親に預け、御赦免船の船主に頼み込んで船に乗り込んだ。

民弥に知れたら怒られる。嫌われるのは辛いから、民弥に知られぬように、そっと江戸の地に下り立ったのである。

しかし、ここは三宅島とは違う。

町は大きく、人は多い。一度見失ってしまった民弥を捜し出すのは容易なことではなかった。

あっちを捜し、こっちを捜し……しかし夫の居場所はわからない。

ハルは焦った。

両親には夏の船か、あるいは秋の船で三宅島には戻ると約束して出てきていた。

夏の船がやって来るのはもうすぐである。

切羽詰まって、ハルは思い出した。

民弥が誰と一緒に、いんちき稲荷で金儲けをして島流しになったのか、ハルは寝物語で聞いていたのである。

「お武家様、亭主はね、こんなことを言っていたんです」

ハルは追想の顔から急に目覚めたような顔をして、新八郎に言った。

「いよいよ金が出来ないとわかったら、昔の仲間に分け前をもらうんだって……そして、小商いでもして、暮らしが成り立つようになったら、きっとお前たちを呼んでやるって」

「それが、あの田丸屋の若旦那だったのか」

「へい。それともう一人、竹蔵という人です」

「ふむ」

新八郎の目がきらりと光った。

「亭主はこうも言いました。島に手紙は書く。だが、連絡が途絶えたら、奴等にやられたと思って諦めてくれと」

「民弥はそんなことを……」

新八郎は、驚いてハルを見た。

ハルはこくりと頷いた。

ハルは、ぽつりと言った。

「あの人は、殺されてるにちげえねえ」

「ハル……」

「お武家様のその顔、おらの亭主のこと知ってる顔だな……殺されたのか……やっぱりな」

ハルはそう言うと、わっと飯台に顔を俯せて泣き崩れた。

「しっかりするのだ。ハル……」

新八郎は、ハルの嗚咽を聞きながら、卯太郎と竹蔵という男に、激しい怒りを覚えていた。

――一刻も早く手を打たなければ、今度はお杉が危ない。

新八郎は、険しい顔を上げた。

七

和泉屋の主の郷右衛門は、新八郎の話を聞き終わると、太い溜め息をついて友之助を見た。

友之助は先ほどから、凍りついたような表情で新八郎の話を聞いていた。

「まさか、あの卯太郎が……」

友之助は絶句した。

「お前は、関係ないんだね」

郷右衛門は厳しい顔をして、友之助に念を押した。

「決まってるじゃないか、おとっつぁん。でも、そんなこととは知らず、私は卯太郎にお杉はうちの奉公人で、あの雨と雷に襲われた日に外出していたが、あの日を境に、なにかに怯えているなどと、聞かれるままに、そんなことまで話してしまいました」

「馬鹿者。なぜお杉の様子を聞き出すのか、不審に思わなかったのか、おまえは……」

「おかしいとは思ったのですが迂闊でした。……お杉にはすまないことをした」

「当たり前だ。話を聞けば、お杉は、お前のことを気にするあまりに、誰にも事件のことを言えないできたのだ。お前をかばってのことだ。それを……」

「おとっつぁん」

「情けない声を出すな。とにかく、お杉をここに呼んで、けっしてしばらく外出しないように、言いつけましょう」

郷右衛門はそう言うと、

「だれか……お杉はいるかね」

座敷を立ち、廊下に出て手を叩き（たた）きながら、店の方に叫んだ。

「はい、ただいま」

手代と思われる男が、紺の前垂れで手を拭きながら廊下に現れて蹲った。

「旦那様、お杉さんは出かけておりますが」

と言った。

「何、どこに行ったのだ」

「さあ、おみよさんなら知っていると思いますが」

「おみよを呼びなさい」

郷右衛門はじれったそうに叫んだ。

「お杉さんは、晒の布を買いに行きました」

廊下を小走りしてきたおみよは、膝を突くなり告げた。

「いつごろ帰ってくるのだね」

「それが、もうとっくに帰ってきていい筈なのに、まだなんです」

「青柳様」

郷右衛門はおろおろしている。

「どこの店へ行った」

新八郎はおみよに聞いた。

「本町の木綿問屋の伊勢屋(いせや)さんです」

「わかった」

新八郎が立ち上がると、

「私も行きます」

友之助も立ち上がった。


二人は外に出ると北に向かい、道浄橋(どうじょうばし)で二手に分かれた。

友之助は、橋を渡って伊勢町堀の北側の岸を歩いて伊勢屋に向かい、新八郎は橋を渡らずに堀の南側を西に向かって伊勢屋に向かった。

どのように寄り道しても、いずれかの道を通って和泉屋に帰ってくるに違いないと思ったからだ。

だが、伊勢屋の前まで歩いてみたが、友之助も新八郎もお杉に出会うことはなかった。

「青柳様、まさか卯太郎がお杉を……」

口にするのも恐ろしい気がする事を、友之助は口に出した。

「うむ。最悪の事態も考えなければならぬな。これだけ捜したのだ。そう遠いところに使いに行った訳ではないのだ。奴等なら、お杉をかどわかすなど平気だ」

「ちくしょう、これまで私は奴等にいいように騙されてたってわけですか」

友之助は、道浄橋まで戻って来ると、橋の上から両脇(りょうわき)の岸に並ぶ倉庫の群れを眺めながら、舌打ちをしてみせた。

乱暴な口をきくのは、竹蔵たちとの繋がりの中で身についたものなのか……だが、友之助の性根は、根っからの遊び人ではない。

新八郎は先程から見ていて、必死にお杉を捜す友之助の姿には、惚(ほ)れた女の安否を気づかう一途(いちず)なものを感じていた。

――この男なら、お杉も幸せになるのではないか……。

新八郎は暮れていく伊勢町堀の黒い水面から視線を離して、横に並んでその水面を眺めている友之助の横顔を見た。

「青柳様……」

友之助は、改まった声で言った。

「こんな時になんですが、お杉の危険を知った今、私は改めてお杉をどれほど愛おしく思っているかひしひしと感じています。どうしてもお杉を女房にしたい、そう思っています。側にお杉のいない暮らしなど、もう考えられません」

「友之助……その気持ち、二言はないな」

「もちろんです」

友之助は、真剣な顔で新八郎を見た。

「お杉も父親の茂助も、身分が違うと言い、お前との縁談には二の足を踏んでいたのだ」

「武家じゃなければ、身分など……みな同じです」

友之助は言い、側にいるのが新八郎と気づいて苦笑した。

「それに、親父さんも話したと思いますが、私のおふくろはお杉と同じ田舎の出です。私はそのおふくろが大好きでした。私はどんなことをしてでもお杉を捜し出します」

「よし。早速だが、何か心当たりは？……お杉が連れていかれるような場所だ」

「わかりません。人の目につくようなところではないと思いますし……」

「竹蔵の店はどうだ」

「古着屋ですか」

友之助が思案の顔をして一点に視線を投げた時、

「旦那、捜しやしたぜ」

息急き切って仙蔵が駆けて来た。

「どうしたのだ。その慌てぶりは」

「旦那、古着屋の様子がおかしいのでございやす」

「竹蔵の店か」

「へい。夕方になってから、田丸屋の卯太郎が町駕籠に女を乗せて来て中に入ったのですが、それっきりで」

「女……お杉か」

「おそらく……で、竹蔵は早々に店も閉めましてね、ひっそりとして不気味なんですよ。一刻も早く知らせなければと存じやして」

「わかった。お前は長谷さんに連絡してくれ」

「がってんです」

仙蔵は腕をまくり上げると、勢いよく一方の薄闇に消えて行った。


その頃、仙蔵が懸念した通り、富沢町の竹蔵の古着屋の二階では、お杉が後ろ手に縛られて転がされていた。

がらんとした家の中に、お杉の他には、この家の主である竹蔵と、田丸屋の若旦那の卯太郎がいるだけである。

「なるほど、そういえばこの女、見覚えがある。友之助の部屋に茶菓子を運んで来た女じゃねえか」

竹蔵がお杉の顔を覗き込んで、にやりと笑った。

だがすぐに、その笑いをひっ込めると、

「お前の手巾だな」

　お杉の顔の前に、あの三光稲荷の社でなくした、刺繍入りの手巾を投げて来た。

「まさかな、和泉屋の女中のお前が見ていたとは……だがよ、お前のところの若旦那はめでたい男だから、あの日、お前が雨あがりの夕暮れ時にふらふら帰ってきたことを、この卯太郎に教えてくれたんだぜ。だからお前はいまここに捕らえられているという訳だ。まっ、恨むのなら若旦那を恨むんだな」

　お杉は恐ろしくて、ただ大きな目を見開いて、二人の言動を見ているだけである。

「安心しな、殺しはしねえ。殺しはしねえが、二、三日のうちに上方に行ってもらうぜ」

「か、か、上方……」

　お杉は、震える声で聞いた。

「そうさ、お前は今日からお女郎さんだ」

「女郎……」

「殺されるよりいいんじゃねえのか、そうだろ。この竹蔵は、すぐにでもお前を殺して証拠を消すんだと言ったんだぜ。それを俺が、まだ殺すには勿体ない、そう言って説き伏せたんだ。まして お前は、あの友之助の女房になる予定だったんだ。これが俺のせめてもの友之助への友情っていう奴だ」

「………」

「その友之助の女房を……」

卯太郎の目が異様な光を放って近づいてきた。

「や、止めて」

お杉は、後ろ手に縛られたまま、芋虫のようにして隅に逃げた。

「逃げられんぞ」

卯太郎の手が伸びてきて、お杉の髪をつかんで引き寄せた。

「止めて！」

お杉が悲鳴を上げた時、突然階段をかけ上がって来る音がして、匕首をつかんだハルが、卯太郎の胸を目がけて突進した。

「死ね」

「うわっ」

卯太郎はとっさに躱したが、躱し切れずに、二の腕をぐさりと刺された。

「誰だ、てめえは」

体勢を整えて髪振り乱して匕首を抱えたハルに、竹蔵が怒鳴るように叫んでいた。

「あんたたちが殺した民弥の女房、ハルだ」

「何、民弥の女房だと」

「おら、お前たち二人の悪は、みんな島であの人から聞いてただ。民弥は、お前たちの罪も被って島に流されたのに、お前たちは民弥を殺した」

「うるせえ。今頃になって金を渡せなどと言ってきたからだ」

「黙れ、おらは許さねえぞ」

ハルは、じりじりと二人を壁の方に追い詰めた。

小麦色の皮膚を持つハルの目は、行灯の灯に異様な光を放っている。

ハルは、二人の男を油断なく見据えたままで、お杉の側まで近づきながら、

「いいかい、おらがここで頑張ってるから、あんた、番屋に走ってくんな」

お杉の腕を縛っている縄を切った。

「早く！」

ハルの怒鳴るような声に、お杉は反射するように立った。

だが、一瞬視線をお杉に流したハルの隙をつき、二人の男が両脇からハルに飛びついた。

「やめて！」

お杉が叫んだ時、立ち上がった二人が手にしていた匕首が朱に染まった。

はっとしてハルを見ると、ハルは肩を押さえて蹲っていた。

「ハルさん」

お杉が叫ぶ。

「ちっ、面倒なことになったぜ。二人とも片づけるしかねえ」

竹蔵が、匕首をふわりと持ち替えて、ぎらりとお杉とハルを見た。

お杉は、ハルを庇うようにして立った。言葉は出ないが、全身で、命をかけて、目の前にいるハルを助けなければ、それだけは頭にあった。

「ふっ」

竹蔵が冷たい笑みを浮かべると、お杉めがけて匕首をひゅっと伸ばしてきた。

お杉も声も出せずに、とっさに避けた。だが、お杉の首筋を冷たい刃物の感触が走り抜けた。

「ふっふ」

竹蔵はまた笑って、ゆっくりお杉の目の前まで歩み寄ると、ふあっと匕首を持つ手を振り上げた。

——殺される。

お杉は思った。何の感情も生まれてこないような、頭の中は真っ白な感じがした。目だけはつぶった。

「ぎゃ」

だが、次の一瞬目を開けてみると、新八郎の側に竹蔵があお向けに転がっていて、その胸に新八郎の肘(ひじ)が深く埋まっていた。

竹蔵は声にもならない声を出して、悶絶(もんぜつ)した。

「青柳様……」

「お杉、間にあって良かった。若旦那も一緒だ」

新八郎が振り返った時、

「卯太郎、貴様」

友之助が卯太郎に飛びかかっていた。

「そこまでだ」

　長谷啓之進と仙蔵が駆り上がって来たのであった。

「なにもかも、青柳様のお陰でございます。本当にありがとうございました」

　茂助は、新八郎に深々と頭を下げた。

　まだ朝霧が晴れ始めたばかりの早朝である。

　卯太郎と竹蔵が捕まり、民弥殺害の事件は解決し、傷を負ったハルも命は助かり、いま米沢町にある外科の医師の手当てを受けて、順調に回復している。

　そしてなによりめでたいことは、和泉屋の若旦那友之助とお杉は、秋口には祝言を挙げることに決まったのである。

　すべての心配ごとが除かれたところで、茂助は国に帰ることになったのである。

「気をつけて帰れ」

　新八郎は、寝惚眼（ねぼけまなこ）をこすりながら、茂助を送って戸口まで出た。

「弟様に何かご伝言はございませんでしょうか」

「そうだな。もしもお前が国の城下に出かけるようなことがあれば、こちらは息災にやっている。そちらも体に気をつけるようにと伝えてくれ」

「承知いたしました。あっしも、秋の祝言には出てこられるかどうか分かりません。青柳様、この先もどうぞお杉のことを、よろしくお願い致します」

「言うまでもないこと」

「あっしもまた、何か新しいことを知ることが出来ましたら、万之助様にお知らせすることに致します」

「すまぬな」

「とんでもございません。青柳様はお杉の命の恩人でございます。ありがとうございました」

茂助は、もう一度頭を下げた。

「茂助さん……」

その時、隣家から八重が出てきた。

「これは八重様。お世話になりました」

「いいえ。私は何も……でもよかったですね、茂助さん」

「へい」

「これはね、おにぎりです。道中で食べて下さい」

八重は竹皮で包んだ弁当を茂助の手に握らせた。

茂助は神妙に頭を下げた。気のせいか、顔を上げた茂助の目が濡れているように思えた。

「お杉さんには会ってきましたか」

八重が尋ねると、茂助は急に嬉しそうな顔をして、後ろを振り返った。

「あら」

八重が小さく呟いた。

浄瑠璃長屋の木戸の端で、お杉と友之助が肩を並べて茂助を待っていた。

「千住まで送ってくれるそうでして……」

茂助は言った。

雨のあとに清々（すがすが）しく映える青葉のように、茂助の顔は晴れ晴れとして見えた。

第三話　別れ蝉

一

青柳新八郎と仙蔵が、重い足を引きずりながら、神田川の北方、茅町一丁目まで戻ってきたのは七ツ半ごろだった。

――住まいの長屋まではあと一息……。

ほっとした時、烏が近くの屋根の上で鳴いた。

「旦那、今の声聞きやしたか、馬鹿にした声を出しやがって」

仙蔵が立ち止まって、いまいましそうに言った。

「烏だな。烏もそろそろねぐらに帰る時刻だろう」

新八郎も立ち止まると、首を回して烏の声を追った。羽音は聞いたが、その姿は見逃した。

また鳴いた。

あざ笑うような声だったが、新八郎はもうその姿を追う気持ちにはなれなかった。今は、一度立ち止まると二度と足を前に運ぶのは嫌なほど疲れている。烏どころではなかった。

二人は今日一日、成田不動八幡宮の門前で新しく店を開く瀬戸物屋『万喜屋』の手伝い人足に出て、重たい瀬戸物を、あっちに運んだり、こっちに運んだりして日銭を稼ぎに行ってきたのである。

新八郎は浪人になって様々な仕事をしてきたが、今日の瀬戸物運びほどきつい仕事はなかった。

腰の骨も砕けたかと思われるほどの疲労感である。

しかも、暑い陽射しの中で汗だくになって一日働いて、手渡されたのはたったの五十文。残りの二百文は明日渡すというのである。

その理由が、今日は手元には小判と一分金しかないなどと、小馬鹿にしたものだった。

重労働だったにもかかわらず、提示された金額は二百五十文、しかもその金額を二回に分けて払うというのだから、疲れがどっときた。

今日の仕事は仙蔵が話を持ってきたものである。

北町の同心長谷啓之進の手伝いも、この月が非番とあっては、臨時の下っ引の仙蔵などに用はない。もしもあったところで、日々の糧に繋がる手当てが入る訳ではない。

まして長谷はまだどこに配属されるのかわかっていない。試しにいろいろな役をやらされて、試験されているような新米であった。

そこで仙蔵は北町が非番となるや、口伝に聞いていたこの仕事を、口入れ屋も入ってない旨い話だなどと言い、新八郎を誘ったのである。

つまり手間賃が口入れ屋が介入してない分、多いに違いないという事だったが、結果はその逆だった。

第三者が入ってないから、払いの方は雇主の一存となる。早い話がこちらの足元をみられた訳だ。

「鳴き声がアホー、アホーッて聞こえませんでしたか」

仙蔵は言う。

「烏にまで馬鹿にされて。だいたい、お前のせいだぞ」

新八郎は、ぎゅっと睨んだ。

「旦那、あっしに悪気があったわけではありやせんから」

「そうかもしれぬが、お前はそれでよく下っ引の真似事をやっていられるな。調べもしないで人の話を鵜呑みにするとは呆れた奴だ」

「まあまあ旦那、ただという訳ではございやせんから。そこの居酒屋で一杯」

「待て。飲めぬとはいわぬが、懐にあるのは五十文だ。店に入れば今日の稼ぎはそれでふっ飛ぶ。一杯ではすまぬからな」

仙蔵は溜め息をついた。共に寂しい懐具合、そういえば家賃も滞っていると思えば、居酒屋に入るのはためらわれる。

「旦那、じゃ、柳橋の袂に粟餅屋がありやす。その粟餅を買って帰りますか。酒は少し家にある筈です。餅で一杯」

「うむ」

侘(わび)しいがそうする他あるまいと、二人は足を引きずってその栗餅屋にたどり着いたが、店の売り子の小娘は、

「すみません。もうあちらのお客様で、本日は売り切れでございます」

などとつれないことを言う。

なるほど、店の中で餅を包んで貰(もら)っている若い武士が一人いるが、売り物の棚にはただの一つの餅も残っていない。

ふとその武士が、戸口で気抜けした顔で立っている新八郎と仙蔵に会釈(えしゃく)してきた。

「仙蔵」

新八郎も会釈を返したが、仙蔵を促して踵(きびす)を返した。

「一足違いでしたな。私はついている」

すぐにその武士は、新八郎たちを追っかけてきた。

新八郎が笑みを返すと、その武士は、馴々(なれなれ)しく肩を並べてきた。

柳橋を渡りながら、武士は言った。

「これで、坊主への義理もたつ」

餅屋で包んで貰った竹皮の包みをゆらゆらさせた。

「お子さまへの御土産ですかい？」

仙蔵が聞いた。

腹が減って口を利くのも億劫だが、人のよさそうな武士を見て、黙っているのも悪いと思ったのだろう。

「いや、私の子ではない。私はまだ所帯も持っていない浮き草暮らしだ。何、同じ長屋に住む坊主のことだ」

どうやら武士は、新八郎と同じ浪人暮らしのようだった。

武士は頼みもしないのに、更に話を続けた。

友吉というその子は大工の子だが、母親の話によれば、柳橋の粟餅が食ってみたいと寝言にまで口走るという。

今日はたまたま友吉の言っていた店の前を通ってそのことを思い出した。

大工の夫婦には普段から世話になっている。せめてもの礼のつもりだなどと、聞きもしないのに暮らし向きの事情を二人に打ち明けた。

武士には珍しい馴々しさ、だがその馴々しさには嫌味がなかった。

どうやら余程嬉しいことがあったらしい。

「本当に私は、今日はついている日です」

などと言う。

「そりゃあ結構なことでござんした。ですがこっちは散々でございやしてね」

仙蔵はつい口走る。

見ての通り疲れ切って、やっとこさっとこ、長屋に向かっているのだと、つけ加えた。

「それはすみません。そうだ、この橋を渡り切ったところに縄暖簾(なわのれん)があります。そこで一杯どうですか」

武士は酒を誘ってきた。

二人は、しゅんとして歩く。

すると武士がつけ加えた。

「私が奢(おご)ります。そうさせて下さい。これも何かの縁ですからね。実をいうと、この嬉しい気持ちを誰かと分かち合えたらと思っていたところです」

武士は、にこにこした顔で言った。

「しかし……」

新八郎は口ごもった。いくら何でもさすがに唐突、胸の中に魂胆があるようには見受けられぬが、はいそうですかと奢ってもらう訳にはいかぬ。沽券にかかわると思ったのである。

武士もそれに気づいたらしく、言い訳がましい言葉を続けた。

「何、ご存じかとも思いますが『たこ八』という気のおけない店です。親爺が蛸のような顔をしていましてね、大した肴は置いていませんが酒はうまいんです」

武士は、通りの向こうに見えてきたその店の暖簾を、目顔で指した。

「わかりやした。そういう事ならおつき合いさせて頂きやしょう、ねえ旦那」

仙蔵はあっさりと、その申し出を受けたのである。

「私は中井精三郎と申します。住まいは亀井町です。看板を書いて暮らしの足しにしております。この店の看板も私が書きました」

中井精三郎は、ためらう事もなく、すらすらと自分を紹介した。

「ほう、この店の表の看板はおぬしが書いたのか」

新八郎は、精三郎に念を押すように尋ねながら、この店に入って来る時に目に止まった、掛行灯(かけあんどん)の立派な墨字(ぼくじ)をちらと思い出した。

掛行灯には朱の色で、酔っ払ってご機嫌な蛸の顔が描かれてあって、その上に墨のあとも黒々と『たこ八』と書かれてあった。

その斬新(ざんしん)さ、墨の見事さは、人の目をひいた。もうすぐ夕闇が忍び込んで来るが、その時行灯に灯が入ったら、どんなにか人の目を奪うだろうかと思われた。

まさか、この目の前ではしゃいでいる若い武士が書いたなどと、想像も出来なかった。

「どうりで、ここの親爺さんが愛想がいい訳だ」

仙蔵は、太鼓持ちのように手を打った。

新八郎も仙蔵も、まずは名を名のった。そして、精三郎の看板書きはよほど手間賃が良いらしいですなと聞いてみた。

「いやいや、看板書きだけでは暮らしは成り立ちません。いろいろやってますよ。いろいろね」

精三郎は笑って言ったが、身なりもこざっぱりした物を身につけていて、金に四苦八苦している浪人には見えなかった。

懐もあたたかいのか、次々と酒を二人に勧め、自らもぐいぐいとやる。一見するところ、青白い文人肌の顔に見えるのに、酒豪のようだった。

精三郎は、ますます陽気になって、

「世の中諦（あきら）めてはいけませんな。念ずれば通ずる。巡り合えることもあるのだ」

目をきらきらさせて言う。

「ひっく」

仙蔵は、酩酊（めいてい）して潤（うる）んだサバのような目を精三郎に寄せて言った。

「精三郎の旦那、勿体（もったい）ぶらずに教えて下さいよ。そのナニですか、別れ別れになっていた女人にでも巡り合ったんですかい」

「まさか。女ではない」

精三郎は、無意識に懐に手を遣った。

懐には藍（あい）色の小風呂敷に包んだものを差し入れている。入り切らずに外に形の一端が見える。

その形状から、それはどうやら書物のようだと、新八郎は思った。

「おっ、それですね、旦那……懐の物のことでやんすね」

元巾着切りの仙蔵である。相手の些細な動きで、それが大切な物なのかどうか直ぐに嗅ぎ取る。

「良かったら、あっしにも、こちらの新八郎の旦那にも、拝ませて頂けませんか」

書物に興味もない癖に、お愛想で仙蔵は言った。

「ハッハハッ、わかったか……だが、これぱっかりは人には見せられぬものです」

「わかった、枕絵」

「いえいえ、違います」

「なんでえなんでえ、いやに勿体をつけるじゃねえですかい。あっしも新八郎の旦那も信用されてない、そういう事ですか」

仙蔵はむくれて見せる。

「そういうことではござらん。困ったな」

苦笑いを新八郎に向けた時、

「見つけたぞ」

若い二人の武家が、どかどかと店に入って来た。

二人は怒りの形相で精三郎に近づくと、

「散々捜したがやっと見つけたぞ。俺たちの顔を忘れた訳ではあるまいな」

怒声を上げて精三郎を睨めつけた。

「忘れてはいない」

精三郎は、きっぱりと言うと立ち上がった。

店の中は、水を打ったように静かになった。

もはや息詰まるような空気が漂っている。

「お前はあの時、俺たちを愚弄したばかりか、嘘までついていたことがわかった。何を言っているのかわかっているな」

「むろんだ。しかし、私がなぜそうしたのか、原因はあなたたちにある」

「うるさい……原因はどうあれ、武士たるものコケにされて黙っている訳にはいかぬ。あの折の恥、そそがせて貰うぞ」

「どうするというのだ」

「知れたこと、お前の腕の一本も折ってやらねば気がすまぬ。四半刻後に柳原土手に来い」

「あいわかった」

精三郎はあっさり応じた。

「くれぐれも言っておくが、逃げ隠れは許さぬ」

「逃げも隠れもせぬ。受けて立とう」

「よし」

武家二人は厳しい顔で頷き合うと、噴然として立ち去った。

再び店の中に酒肴の席のざわめきが戻ってきたが、精三郎は先程とは打って変わった険しい面持ちで、腰を下ろして腕を組んだ。

大きな溜め息をつく。

「いったい何があったのだ」

新八郎は、戸口を目顔で指した。

そこにはもう、先程の二人連れはとっくに姿を消していなかったが、夏の陽射しはいつのまにか残照と化していた。

頼りなげな弱々しい日の名残が軒下に落ちている。

新八郎は、目を転じて精三郎の顔を見た。

　精三郎は苦渋の顔をして言った。

「いや、窮余の一策でつまらぬ偽(いつわ)りを申したのだ。まさかここまで捜し当てるとは……」

「いいんですかい旦那。あの口上では、果たし状をつきつけてきたのも同然、本当に腕を折られてしまったら、どうなさるおつもりで」

　仙蔵がおろおろして言い、新八郎の顔を見た。助けてやらないのかと、そんな目をしている。

「話してみないか。仙蔵の言う通りだ。腕一本ですめばよいが、真剣勝負なら命をとられるぞ」

「………」

「精三郎の旦那」

　精三郎は、二人に促(うなが)されるとようやく神妙な顔で口を開いた。

　それは、ひと月前のことだった。

　駒形(こまがた)町の小料理屋『梅(うめ)の家』から、箱看板を書いてほしいと依頼があって出向いた時のこと、玄関に入るなり店は異様な雰囲気に包まれているのを知った。

玄関の隅の上がり框で、番頭を待っていたが、いっこうに顔を出さない。

女中たちは落ち着きがないし、店の奥では何やら諍う声がする。

玄関に一人で放っておかれて、出直そうかと考えているところに、

「すみませんが、もう少しお待ち下さいませ」

と番頭が小走りして出てきて言った。

「取り込み中なら出直して参ってもよいぞ」

精三郎は立ち上がった。

だが、その返事を待つより先に、

「若旦那、お待ち下さいませ」

足音を立てて奥から出てきた優男を、仲居二人が追っかけてきた。

「番頭さん、お役人に訴えてくれるんですか。そちらが出来ないというのなら私がこれから訴え出ます」

優男は、顔に似合わぬ怒りの目をして番頭に詰め寄った。

「お気持ちはわかりますが、もうしばらく、しばらく」

「何を言っているんですか。いくらお侍さんだといっても、こんな横暴を許しておいていいんですか。第一、お夏はどうなります？　乱暴されたら、番頭さん、いや、この梅の家はどうやって責任をとってくれるんですか」

「若旦那……」

出ていこうとする若旦那を、番頭が押しとどめる。

精三郎は、見るに見兼ねて声をかけた。

「いったい、どうしたのだ」

「どうもこうもありませんよ。私の許嫁がお武家さんたちの慰み物になろうとしているんです」

「何……」

驚いた精三郎に、番頭が説明した。

今日は二階の広間に、神田の『壺井道場』の門弟数人が上がっているのだが、隣の小部屋でこちらの筆屋『福田屋』の若旦那の佐七さんが、許嫁のお夏さんと休憩していた。

ところが、若旦那が厠に立った時、門弟の二人と擦れ違いざま体が触れた。

若旦那は謝ったが許してもらえず、騒動を聞いたお夏も、部屋から出てきて門弟に謝った。

ところが、これで余計に門弟の怒りに火がついた。

お夏の美貌(びぼう)に目をつけて、この女に酌をさせれば許してやろうと言い出した。

お夏は気丈にも、きっぱりと断ったが、弱腰になっていた佐七は、酌をするだけで気持ちがおさまるのならと、お夏を門弟たちの部屋にやったのである。

それからすでに半刻、いっこうにお夏を返してくれない門弟たちを、なんとかしてくれと番頭に言ってきたのである。

そこで番頭は門弟たちの部屋を訪ねて、お夏の連れが待っている旨を伝えたが、門弟たちはお夏はもうしばらく返さないと言い張るのだという。

それが騒動の一部始終だと、番頭は言った。

「お役人に届けるのはよろしいのですが、ひとつ間違えば、若旦那も私たちもあの門弟たちの逆恨みを買います。なんとか穏便にと思ったのですが……」

番頭は若旦那の顔を、おろおろして窺(うかが)っているのである。

「わかった。私が話をしてみよう」

「まことでございますか」

番頭は縋るように言った。

とはいえ、精三郎にはまだこの時、どうやって仲裁していいのか、名案が浮かんでいたわけではない。

番頭に案内されて階段を上りながら、ふと閃いた。

稚気に等しい思いつきだったが、うまく行くかもしれないと思った。

精三郎はつい先頃、さる商家で行灯に文字を入れているところを、その店に客として来ていた武士に賞嘆され、尋ねられるままに名乗ったことがあった。

その武士は柳田右京という人だったが、後で店の者から、御徒目付という怖い役職の人だと聞かされて、驚いたことがあった。

御徒目付といえば、目付の配下の者で、旗本や御家人などお役目についている者はむろんのことだが、そうでない者たちにも目を光らせている、町奉行所の役人でさえ一目おく人物である。

――一か八か……。

その柳田右京の名を借りようと思ったのだ。

精三郎は、単身壺井道場の門弟たちが酒宴を張っている部屋に乗り込んだ。

「私は中井精三郎と申す者だが、ひと言忠告申し上げる」

まずはそう切り込んで、呆気にとられているところに、

「ただいまお忍びで御徒目付柳田様が階下に参っておられるが、そなたたちの騒動を耳にされて、この私に様子を見てくるように申された。聞けば町の娘に無体な振る舞いをして興じ、その娘御ばかりか、娘御の連れや宿の者たちを恐怖に陥れていると聞いた。即刻その娘御を解放しなければ、いずれ、そなたたちの親兄弟にまで累が及ぶが、いかが」

門弟たちをひたと見据えて言った。

門弟の人数は五人だった。お夏という娘は、その男たちに囲まれて怯えて座っていた。

精三郎の唐突の出現と口上に、門弟五人は呼吸にしてひとつかふたつ、息を呑んでいたかに見えたが、精三郎のどこかに不審を感じたらしく、

「出鱈目を言うな、貴様何者だ」

門弟たちは騒ぎ出した。

「そうか、私の言っていることが納得できぬとみえる。ならばいい。このまま階下に降りて、柳田様に報告するまでだ。穏便にすませてやろうと思ったのに、無駄だったか」

精三郎はすいと背を向けた。

大芝居だったが、この者たちに、本当に階下に御徒目付が来ているのかどうか、そんな事を確かめにいける筈がない。

精三郎は確信していた。

些細な失態が世間に知れ、家は断絶、その身も追放された武士などいくらでもいる。

一見したところ、二十歳になるかならぬかの旗本や御家人の子弟たちらしいが、そこまでの賭(かけ)は出来ないだろうと思っていた。

案の定、廊下に踏み出した精三郎を、

「待たれよ」

一番年長らしき、あばた面(づら)の門弟が立ち上がって引き止めた。

「われらは、そろそろ切り上げようと思っていたところだ」

あばた面はそう言うと、お夏に帰れと憮然として言ったのである。

精三郎は、平然としてお夏を連れて、階下に降りた。


「そういう事です。あの者たちは私の正体を後で知って捜していたに違いない」

精三郎は話し終えると、太い溜め息をついた。

「なるほど、大した役者ぶりだった訳だ」

新八郎が感心してみせると、

「悪いのはあのお武家たちではござんせんか。旦那は悪くない、惚れ惚れいたしやす」

仙蔵は酔眼を見開いて言う。

「そうは言っても、あの人たちにしてみれば、黙ってはおられますまい。受けて立つより仕方ありません」

精三郎は苦笑した。

「止した方がいいな」

新八郎は盃を置いて精三郎を見た。

「武士の面子（メンツ）だのなんだのと言うのだろうが、そんな馬鹿な男たちを相手にするのは愚かなことだ」

「しかし青柳殿、あの者たちがここにいる私を捜し当てたということは、私が何者でどこに住んでいるのか知っているということでしょう。このたびは逃げられても、ずっと逃げおおせるとは思えませぬ」

精三郎は恬淡（てんたん）として言った。

先程はついていたと大喜びしていた精三郎が、今度は思わぬ災難を迎えている。しかし、だからといって必要以上に恐れている風にも見えない。

どう見ても、腕が立つとは思えぬ男が……新八郎はそう思うと不思議な目で精三郎の顔を見ていた。

今までに会った人間とは、少し違うようであった。

「青柳殿」

精三郎は、急に顔をひき締めたと思ったら、懐から藍色の包みを取り出して飯台の上に置いた。

「これをあなたに預かっていただきたい」

「ふむ……」

もう止めても無駄のようだった。

「これはある人から借りた大事な書物です。損傷してはならぬゆえ、是非……」

新八郎の前に押し出してきた。

「承知した」

新八郎は頷いた。

「有り難い。まもなく時刻です」

精三郎は立ち上がったが、

「そうだ、この粟餅も頼みます」

竹皮の包みも飯台の上に置いた。

二

「えーいや、さぁー」

新八郎と仙蔵が、精三郎を追って新シ橋から柳原土手に下り立った時、神田川を東に向かって走らせていた屋形船から、遊び女たちの黄色い掛け声が聞こえてきた。

鉦や太鼓、三味線の音が、その声に呼応するように威勢よく鳴り出した。

どこかのお大尽の接待船かと思われる。

まもなく夕暮れ、薄闇が忍び入る船の軒に、赤い提灯が連なって点されていて、船は賑々しく繰り出したところであった。

「はるかかなたを眺むれば〜、にほんいちの富士の山〜」

女たちは揃いの単衣を着て、揃いの団扇を持って踊り始めた。

これから隅田川に出て、たっぷりと夜の納涼を楽しむものと思われる。

その船が、水際の草地を歩く精三郎と擦れ違うが、精三郎は見向きもせずに、下緒を引き抜いて襷にかけると、まっすぐ前を向いて歩いて行く。

その手には、たこ八の店にいた担い売りから借り受けた樫の木の棒が握られていた。

「旦那、中井の旦那は、あっしの見たところ、とても強そうには見えません。ところがどうです、たいした度胸じゃござんせんか」

仙蔵は、新八郎にくっついて精三郎を追いながら、感心したように首を捻った。

　あれじゃあ、やられるのを覚悟しているように思われる。仙蔵はそう言いたかったようである。

「互いに真剣を抜けば、誰かが命を落とす。それを考えての事だろう」

　それにしても、若い精三郎に、いまどきの若者には珍しく、どこか達観したような雰囲気があるのは、預かったあの書物が関係しているのかもしれぬ。新八郎は、そんな事を考えながら、精三郎の背を追っていた。

　この、柳原土手に来るまでに、精三郎は人から借りたという書物を新八郎に託している。

　精三郎が決心を固めて店を出てすぐに、新八郎も預かった包みを懐に入れて立ち上がろうとした。

　だが包みをつかんだ時、するりと小風呂敷が解けて、藍色の表紙が顔を出した。

　ふと目に止めた白い文字に、新八郎はぎょっとした。

　題は『惰眠笑覧（だみんしょうらん）』とあり、著作『野田玄哲』とあったからだ。

　新八郎は慌てて小風呂敷をもと通りに合わせた。

　何故か、誰かが本の表紙を覗（のぞ）き見したのではないかと思ったのだ。

ひやりとして懐に差し入れたが、精三郎が『惰眠笑覧』なる本を手に入れて、至福の思いに浸っていたことを考えると、精三郎がいかなる素性の人物なのかと、新八郎は気にかかった。

「旦那」

仙蔵が驚いた声を上げて、行く手を見ている。

草刈りをした土手に武士が五人、腕を組んだり、腰に両手を置いたりして、精三郎が近づくのを待っていた。

このあたり一帯、神田川沿いの土手に生える茅や雑草は、近隣の大名旗本が、飼育する馬の餌にするために刈りに来るのだ。

新八郎たちが歩いている辺りはまだ一度も刈った跡はなく、茅は腿の辺りまで伸び放題に伸びているが、男たちが立っている辺りには結構な広場が出来上がっていた。

「待っていたぞ」

五人の武士の誰かが叫んだ。昂ぶった甲高い声だった。

「行くぞ」

新八郎は足を速めた。

精三郎が五人の男たちを見据えるように草刈り場に立った時、新八郎と仙蔵も、すぐ近くの草むらに腰を落としていた。

「命だけは惜しいようだな。しかし、木刀だからと言って油断は出来ぬぞ」

あばた面の男が傲然(ごうぜん)と言い放った。

その言葉を合図に、五人は木刀を握り締めて、精三郎を囲んだ。

辺りは、瞬(また)く間に張りつめた空気に包まれた。

精三郎は正眼に構えて立った。するといきなり横合いから一人の男が撃ちかかってきた。

精三郎はかろうじてこの一閃(いっせん)を受け止めた。同時に満身の力でこれを突き放した。

と、次の瞬間、

「わぁー！」

精三郎は物凄(ものすご)い声を上げると、手にある棒を円を描くように回し始めた。

右に左に、精三郎は叫び声を上げながら、棒を振り回す。

無手勝流だった。

それだけに門弟の男たちは、精三郎の手元に踏み込めない。呆気にとられて見ていたが、やがて嘲笑が湧き起こり、門弟たちは顔を見合わせた。

だが、それも束の間、あばた面の男が精三郎の視線が一方に流れたその隙に、突きを入れてきた。

ガッッ——。

木刀がぶつかる乾いた音が聞こえた。

「うお」

精三郎の叫びが止まった。

精三郎の手にある棒が、空中にふっ飛んだ。

刹那、後の四人が手ぶらになった精三郎に一斉に打ち込んでいた。

「うむ」

新八郎は立ち上がると、ふっ飛んだ棒の下に走り込んで、右手でしっかりとその棒をつかんでいた。

「待て」

新八郎は、一味の中に走り込むと、精三郎に群がっている四人の男の肩を打ち、腕を打ち、腰を打ち、足を蹴り飛ばした。四人はその場に次々と蹲った。

「止めろ！」

一喝した新八郎の目に、額を割られ、血を流して身動き出来なくなった精三郎の姿が飛び込んできた。

「中井殿」

走りよろうとした新八郎に、

「邪魔をするな」

あばた面の男がいきなり本身を抜いて、斬りかかってきた。

刀はうなりをあげて、新八郎の右肩に落ちて来た。

「卑怯な奴」

新八郎は下段に構えていた棒であばた面の刀身を払ったが、棒はまっ二つに切れていた。

だが、すかさず新八郎は残った棒の半分を握り直すや、あばた面の胴を狙って突進した。

「うっ」

腰を折ったあばた面の襟元を左手でつかみ上げると、その喉元に棒の先を突きつけた。あばた面が切り落とした棒の先は、鋭利な竹槍の穂先のようになっている。わずかでもあばた面が動けば、棒の切っ先は、あばた面の喉に一瞬にして突き刺さる。

「中井精三郎は、もはや手負いの身だ。お前たちの存念も晴れた筈……これで手を引け。引かぬと俺が許さぬぞ」

あばた面の顔に新八郎は言い放った。


「おやまあ、精三郎の旦那じゃありませんか。いったいどうなさったんですか」

亀井町の裏店に、新八郎が仙蔵と二人で精三郎を両脇から抱えて入ると、井戸端で水を汲み上げていた女が、びっくりして飛んで来た。

女は手に提灯を持っている。月の光で人の姿はわかるにはわかるが、やはり灯は手放せぬ。

女は提灯の明かりで精三郎の顔を覗き見ると、すぐ目の前の家の中に声を上げた。

「おまえさん、大変だよ。出て来ておくれ。旦那が怪我してるんだ」

すると、家の中から女の亭主と、七、八歳の男の子が飛び出してきた。

「馬鹿、手ぶらで出てきてどうするんだい。焼酎、早く。まったく気が利かないんだから」

女が怒鳴ると、亭主はまた家の中に駆け込んだ。

精三郎の傷は、切れていたのは額と耳で、背中や腕は木刀で叩かれた打ち傷で腫れ上がっていた。

てんでにすばやく手当てをし、ひと通り傷の手当てが終わった頃には、精三郎も痛みはあるものの元気を取り戻していた。

手当てをしてくれた一家は、粟餅屋の帰りに精三郎が言っていた大工の一家だった。

大工の父親の名は留、女房はつね、そして男児は友吉と言った。

始終心配そうな顔で見ていた友吉も、精三郎が例の粟餅を土産だと言い、一家の帰り際に手渡すと、

「おとっつぁん、おっかさん」

友吉は竹皮の包みをひらひらさせて、

「食ってもいいかい」

目をきらきらさせて母親のつねに聞いた。

「これ、旦那がこんな目にあったっていうのに」

つねは友吉をたしなめたが、

「よいよい。喜んでくれたら嬉しい。元気が出る」

精三郎が笑みをこぼすと、

「しょうがない子だよ、まったく……旦那、本当にいつもすいません。じゃ、遠慮なく」

つねは、友吉を一方の手に、そして、もう一方の手に亭主を引いて帰って行った。

「青柳殿、仙蔵さん、とんだご迷惑をおかけ致しました。すみません」

精三郎は頭を下げた。

「いや、大事がなくて良かった。それより尋ねたいことがあるのだが……」

新八郎は、部屋の隅に置いてあった小風呂敷を取ってきて、精三郎の膝前に置いた。

「風呂敷が解けてな、見るともなく見えてしまったのだが、この本の著者の野田玄哲をご存じか」

「青柳殿……」

突然真顔になって著者を名指した新八郎に、精三郎は怪訝な顔をしてみせた。

「蘭学者の、野田玄哲ですな」

新八郎はまるで尋問するような顔になっている。

「はあ、そうですが……」

「先年、四年前ですが、陸奥国の片田舎で療養中のところを幕吏に急襲されて捕らえられたという、あの学者のことですな」

「あなたはいったい……」

精三郎の顔に、俄に警戒の色が浮かんだ。

だが新八郎は、構わず聞き続けた。

「玄哲という人は捕らえられてすぐに、病のために没したと聞いているが……」

「………」

仙蔵も、驚いた顔をして新八郎と精三郎を交互に見ている。なにしろ仙蔵は、新八郎のことについては一通りのことは知っているつもりだが、野田玄哲などという名は初めて耳にする名前だった。

「そなたはこの本に巡り合えたと喜んでいた。玄哲という学者とゆかりの者ではないのか。教えてくれ、そなたに迷惑はかけぬゆえ」

「青柳殿、何故そのような事をお聞きになるのですか」

精三郎の問い返しに、新八郎は一瞬口を噤んだ。

だが、すぐに意を決して打ち明けた。

「志野と申す私の妻が、四年前突然姿を消しました。調べているうちに玄哲という蘭学者と関わりがあったのではないかという事がわかってきた……」

新八郎は、妻志野失踪のいきさつを搔い摘まんで精三郎に話し、自身がこの江戸に住むようになった事情も告げた。

「そうでしたか……」

精三郎は、神妙な顔をして頷いた。

「あなたの御妻女が、玄哲先生捕縛の一件に関わり合っておられたとは……私たちも思いがけない出会いですな」

精三郎は新八郎に静かに笑みを送ってきた。

「旦那……なんにも知らずに、あっしは詳しいことは何も知らずに……ちぇ、泣かせやがら……」

仙蔵は洟をすすった。

「仙蔵、長屋の者たちには内緒だぞ」

「わかっておりやすよ、旦那。人にはいろいろと事情ってもんがございやす。貧しい長屋でいろいろ探りあってちゃあ、生きてはいけやせんや。今日が元気で、明日も元気ならいい。それぐらいの気持ちで暮らさなきゃ」

「青柳殿、玄哲先生については私はお目にかかったことはございません。ただ田舎で向学の志を燃やす者たちにとって玄哲先生は、最も尊敬するお方でございました」

「ふむ……」

「この御本も、まだ私は拝読致しておりませんが、日本の未来を憂い、今の幕政を笑い飛ばした、愛国の想い溢れる本のようです」

「ほう……」

「日本が長年とってきた異国との関係、近頃ではそれを『鎖国』というらしいですが」

「鎖国？……なるほど」

「つまり、異国との交渉、出入りを断ってきた事を言っています。それによって生まれた国の閉塞感を列挙し、国家間における産業、経済、政治、そうしたもろもろの交流による善隣関係を願う本だと聞いています」

「………」

新八郎にとって玄哲の主張を聞くのも初めてだったが、その玄哲の主張に共鳴し、崇拝する者たちが少なからずいるらしいことを知り驚いていた。

新八郎は息を殺して聞いている。

考えの片隅にもなかった重大なる玄哲の生きざまに、妻もかかわりあったとなると、事が事だけに、心穏やかではない。

精三郎は話を続けた。

「それゆえに、その過激さゆえに、この本は実は『禁断の書』とされているものです」

「禁断……つまり禁書」

新八郎の聞き返しに、精三郎は黙って頷いた。

禁書とは、思想その他、幕府にとって好ましくない書籍として、その本を刊行、または所持することを禁じられた本である。

精三郎は言った。

「この本は、幕府の目にとまれば、即刻焼かれてしまう、そういう本です。ですから私は、御覧に入れたくてもお見せできなかったのです」

「…………」

「幕府がこの本や玄哲先生がお書きになった他のものも、ことごとく禁書とした時点で、先生は重大な咎人（とがにん）となったのです。先生は幕府からの呼び出しを拒否されて、逃亡の身になったのだと私は聞きました。そして四年前、捕らえられた直後に、お亡くなりになったと……」

「…………」

「ですから、尚更（なおさら）この本は私たちにとっては貴重な幻の本となりました」

「そうか、幻の本ですか」

「はい」

「して、捕まる直前まで、その玄哲先生を看護していたという女子(おなご)が妻の志野ではないかと見当をつけているのですが……その女子について何か聞いたことは？」

「私は玄哲先生を尊敬はしておりますが、お目にかかったこともない遠い存在です。幕吏に捕まってお亡くなりになったという事は聞きましたが、それ以上のことは……」

「何処に行けばいい……誰に聞けば、その辺のことがわかる？」

「私はただ、この本が読みたくて、手に入れば写しとりたくて、ずっと探していた者です。その辺りの話については……」

　精三郎は途方にくれた顔をした。

「では、この本は誰に借りたんだ。幕府の目から密(ひそ)かに隠して保持していた者からだろう。その人の名は……」

「…………」

「精三郎殿、妻志野の失踪には、玄哲殿とは別の、若い男が関わっていたことは明白なのだ。その男は、志野の逃亡を助けている。妻はそのお陰で、幕吏の手から逃れられたのだ。私は、その人は玄哲殿の愛弟子(まなでし)ではないか……そう考えている」

新八郎は必死に問うた。

志野の行方の鍵は、見ず知らずのその男が握っているということは推測出来る。しかしまたその男は、容易に表に出て来ることが出来ない状況にあることも察しがつく。

だからこそ、新八郎は手がかりを得られないのだ。

「精三郎殿、この本をおぬしが借りた人物こそ、そのあたりの事情を知っているのではないかな……今その思いを強くしている。他意はない。秘密は守る。教えてくれ」

新八郎は頭を下げた。

「わかりました……」

精三郎は頷いた。腹をくくったようだ。

三

口入れ屋大黒屋から紹介を受けた仕事は、五日ほど先から回向院(えこういん)でご開帳が始まるが、その警備だった。

迷子や喧嘩や置引など、ご開帳のたびに様々な事件が起きる。

そこで、一日一分、勤めは一日交替で期間はひと月の仕事である。

十五日働いて三両三分だから、滅多にない割のいい仕事だった。

「ただ、危険はございますから、それでお手当てもよろしいのでございますよ」

大黒屋はそう言うと、

「八雲様にもお願いしたいと思っていたのですが、このところお顔をお出しになりません。よほどいいお仕事が見つかったとみえますな」

くすりと笑った。

ご開帳が始まるまでの五日の間に、精三郎が本を借りたという、玄哲の弟子に会えぬものかと思っていたら、昨日精三郎の傷の様子を見に行った仙蔵から、今日の八ツ過ぎに案内すると言伝がきた。

昨晩はまんじりともしなかった新八郎だが、志野がいなくなった当初に比べると、随分冷静に考えられるようになっている。

朝とも昼ともつかぬ食事をすませると、急いで下着だけを洗濯し、精三郎の長屋に向かうために身支度をした。

身支度といっても、髪を押さえて髭(ひげ)を当たるぐらいなものである。

ところが、大刀をつかんで土間に降りたところへ、

「御免下さいませ」

見知らぬ女の声がした。

夏季のことでことさら暑く、戸も半分開けたままだが、声の主はその開いた戸のところから顔を突き出して、中を覗くような不作法なことはしなかった。

こちらの返答を待って軒下に佇(たたず)んでいるらしく、障子の向こうに映る影はじっとしている。

新八郎は、半開きの戸を開け放った。

すると、絽(ろ)の着物を着た美しい娘が立っていた。

目はぱっちりとしているし、鼻は高く、唇はつつましやかである。

「どなたかな」

「私は日本橋通南二丁目にあります蠟燭(ろうそく)問屋『大津屋(おおつや)』の娘でお夏と申します」

「はて……」

と新八郎は、怪訝な顔でお夏を見る。だが、はたと気づいた。

「わかった。精三郎どのが助けた筆屋の若旦那、佐七の許嫁だな」

「はい」

「しかし、そなたがなぜ私を知っているのだ」

「精三郎様は私の恩人です。その精三郎様をお助けいただいたのがあなた様だと、仙蔵さんて人から聞きました」

「何、仙蔵も知っているのか」

「精三郎様の住まいに参りました時、長屋の木戸口でお会いしまして」

「なるほど……それで？」

「お願いしたいことがあります」

真剣な顔で見詰めてきた。

「俺はこれから出かけねばならぬのだが……」

新八郎は困った。

断れる話なら断りたいが、お夏の顔には必死なものが見える。

「歩きながらでも結構です。急いでおります」

とお夏は言った。どうでも聞いてほしい、そんな気配だった。

「急いでいる……」

「はい」

「ではその辺りまで一緒に参ろう」

新八郎はお夏を連れて長屋を出た。

だが、両国橋を渡ったところで、西広小路の水茶屋に入った。

人通りも多いこともあり、歩きながら話を聞くのは無理だと思ったのだ。

幸い水茶屋は、奥の腰掛けに女の二人連れの客がいるだけで、がらんとしていた。

新八郎たちは、川を眺められる腰掛けに座った。

店の女が茶と団子を運んで奥にひっ込むと、

「さあ、聞こうか。話してみなさい」

新八郎がそう言うと、お夏は待ってましたというように、

「私、駒形町での事があってから、福田屋の若旦那と一緒になるのは嫌になりまして……」

「何……」

いきなり思いがけない方に話が振られて、新八郎は面喰らった。

「だって、自分が助かりたいばっかりに、私を人身御供(ひとみごくう)のように差し出したんです。信じられません。中井精三郎様が現れなかったら、私、あの時、もっと酷(ひど)いことになっていたと思います」

「ふむ」

さもありなんとお夏の顔をまじまじと見ると、お夏は悔しそうに訴えた。

「私、当分誰かの妻になるなんてこと考えてもいなかったのに、父親に厳しく言われて。一人っ子ですから、お店の跡をとらなくてはなりませんから、それで嫌々福田屋の佐七さんと……。佐七さんは父親の前で言いました。私はどんなことがあっても、まずお夏さんを守り、お店を守りますと……私もとうとうその言葉に騙(だま)されて、この辺りでもう仕方ないかなと決心をしていたのです」

「………」

「でも、あれを見て、いっぺんに冷めました。こんな人と一緒になったら、一生悔いることになると」

「うむ……まあな」

新八郎は言葉をにごした。

「それに、私、好きな人が出来たのです」

「何だと……」

「そんなびっくりした目で見ないで下さいませ。もともと佐七さんとは、恋い焦がれて許嫁になった訳ではありませんから」

「しかし、佐七とは正式な婚約だったのであろう……二股かけるような真似をして、もしもの折には不義申立という事態になるやもしれぬ」

「まさか、あんなに臆病な人がそんなことを」

お夏はくすくす笑った。

「いや、そんな男ほど執念深いものだぞ……これは老婆心だ」

「青柳様、佐七さんとは正式なものではありません。あの日に気持ちを固めようと考えていた、そういうことです。佐七さんに私が縛られる所以はありません。それより私が日ごと一人の人を想うなんて今回が初めてなんです。その人と一緒になりたい……それで、私佐七さんにも断りを入れましたから」

「佐七は納得したのだな」

「いいえ」

「それみろ、それで困って俺のところにやってきたという訳か」

「違います。佐七さんはそのうち諦めてくれると思います。私が悩んでいるのは、私のお慕いしているお方が、私を見向きもしてくれないことなんです」

「ほう……そなたほどの娘をな。大きな店の一人娘、しかもその美貌だ。何が気に食わないというのだ……」

「それがわからないのでございます」

お夏は、大きな溜め息をついた。そして言った。

「なぜ私をお嫌いなのか、それが知りたいのでございます」

「自分で聞いてみてはどうだ」

「聞きました。でも、好きな人は心の中にいるのだと、そんな曖昧なことをおっしゃって私を煙にまくのです。私のどこが嫌なのか、本当に好きな方がいるのかどうか、そこのところを青柳さまに調べて頂けないものかと……」

「調べるだけでよろしいのだな」

念を押しながら、ちらと五日後に始まる回向院の警備の仕事を考えていた。

「わかった。で、その相手の男だが、どこの誰だ」

「それが……中井精三郎様です」

お夏は言い、目を伏せた。

「精三郎……」

新八郎は、あやうくむせるところだった。

江戸の鐘で有名な『石町の鐘』は本石町三丁目にある。

中井精三郎が新八郎を案内したのは、その鐘楼のすぐ近くにある大きな屋敷だった。

町人の屋敷としては別格の大きさで、二階建てが二棟、平屋が一棟、その堂々とした甍は、あたりを圧する偉容だった。

「まさか……」

新八郎は、並んで立ち止まっている精三郎に驚いた顔で言った。

「長崎屋です」

精三郎は頷くと、しばらくここでお待ち下さいと言い、門を入ってすぐの待ち合いの腰掛けに新八郎を座らせると、石畳を踏んで一人で奥に向かった。

長崎屋とは、普通の商いをしている商家ではない。

四年に一度ほどの割合で、長崎出島のカピタンが江戸に参府してきた折の、お上の息のかかった定宿として、御旅宿御用を勤めてきた商家である。

新八郎はこの江戸で、そういった異人たちをまだ見たことはないが、背が高くて髪が赤く、鼻は天狗のように聳え立っていると聞く。

浄瑠璃長屋の者たちから漏れ聞いたところによると、在府するひと月余りの間に、江戸の人たちは毎日長崎屋に見物に出向くらしいのだが、長崎屋の門の前にはオランダ東インド会社の紋章入りの幕が張られ、警固も厳しく、なかなか異人には近づけないらしい。

そういう特別な商家の者と精三郎が繋がっていたとは意外である。

陽射しを遮る檜皮葺きの屋根の下で、新八郎は静まり返った屋敷の中に耳を澄ましていた。

まもなく精三郎と一緒に、三十前後の丸顔の男が近づいてきた。

「この長崎屋の手代で、宗助と申します。主がお会いすると申しております。どうぞ」

丸顔の男はまず自分の名を名乗ると、新八郎と精三郎を平屋の棟の、庭に面した座敷に案内してくれた。

見事な庭園が広がっていて、この庭を囲むように二棟の二階屋と白壁の土蔵が三つあった。

どうやら二階屋二棟が、カピタンたちの宿になっているらしく、いずれの棟も板戸が立て回してある。

屋敷地は驚くほど広く、森閑（しんかん）としていた。

静かな足音が聞こえて来た。

宗助が、でっぷりした五十過ぎの商人を案内して戻ってきた。

「主の源右衛門（げんえもん）でございます」

長崎屋はそう言うと、新八郎たちと向かい合って座った。

単衣の着物に、涼しげな黒の絽の羽織を着けており、いかにもお上の仕事に携わる商人と思われる威厳のようなものが漂っていたが、しかしその目は慈愛に満ちた温厚そうな感じがした。

「それがしは青柳新八郎と申す」

新八郎が名を告げると、

「ざっと精三郎さんから話はお聞きしましたが、私が玄哲先生にお会いしたのは、五年前に、このたび精三郎さんにお貸しした本を頂いた時が最後です」

源右衛門は、懐かしそうに言い、じっと新八郎を見詰めてきた。

「すると、陸奥国での一件はご存じないのですか」

「はい……玄哲先生が非業の死を遂げたことは、亡くなられた後でお聞きしました。それより一年前でしょうか、私をここに訪ねてきてくれましてね。私は丁度外出しておりまして、その時もこの宗助がお会いしたのですが、しばらく江戸を離れる、よろしく伝えてくれと言って旅立たれたようでした。宗助は私の帰りを待つように勧めたらしいのですが、追われる身を考えて、私どもに迷惑をかけてはと思ったのでしょう。静かに頭を下げて立ち去ったと聞いております。お目にかかっておれば、少しは援助もしてさしあげる事ができたのに、遠い身空で不自由をなさっていらっしゃるのではないかと案じていたような具合です。ですから、玄哲先生の最期(さいご)はよくは存じませんのです」

源右衛門の言葉は、穏やかだが痛切なものが見えた。

源右衛門の話によれば、長崎屋は幕府から様々な特権をもらっている。

例えば『唐人参座の座人』『和製龍脳売弘取次所』などのお役を勤め、輸入薬も取り扱う商人としての権利を貰っているし、『為買反物』『送り砂糖』の販売所でもあった。

為買反物というのは、カピタンが将軍や幕府の役人に持ってきた献上物と進物の残り物の反物のことであり、送り砂糖とは、長崎屋に対してカピタンが特別に莫大な金額になる砂糖を送ってくれるが、その砂糖のことである。

つまり長崎屋は、それらの販売の特権を持つ商人だった。

加えて、長崎屋には蘭書の原書が送られてくるから、広く日本のすみずみからこの原書を求めて人々が長崎屋にやって来る。

野田玄哲も、若いうちはそういう客の一人だった。年齢も源右衛門と近く、そのうち、玄哲の信条にいたく感心した源右衛門は、陰になりひなたになり援助も厭わぬという間柄になっていった。

だが、『惰眠笑覧』を執筆したことで、幕府には危険人物として見られるようになると、自然に玄哲は源右衛門から離れていった。

「玄哲先生は、これからの人でした。勿体ない人を亡くしてしまいました。去年の暮れの蘭書販売のおり、精三郎さんが本を求めて参られまして、この手代の宗助に、玄哲先生の本が手に入らないかと言ってきたのです。最初のうちはこちらも警戒しましてね。なんともご返事はいたしませなんだ。そのうちに調べさせて頂いて、あの本を紹介しても大丈夫なお方だと……それでお貸ししたのです」

「すると、主殿は、陸奥国の片田舎で、玄哲殿の世話をしていた男はご存じないのでしょうか……私の妻の失踪もその男がかかわっていると、私はそう思っているのですが……」

じっと考えこんでいた源右衛門が、覚悟したように口を開いた。

「先生が心を許していたのは、ただ一人、大槻壮介（おおつきそうすけ）様……」

「大槻壮介、何者ですか」

「ご浪人でしたが、玄哲先生の手となり足となって動いていたお人です。最期まで一緒にいたのは、大槻様でしょうな」

「すると、玄哲殿の看護をしていた女子については、分からぬと……」

「あなた様のお内儀様ですな」

「そうです。志野が玄哲殿の看病をしていた事は、半月前にはっきりしております」

「志野様ですか」

「そうです。何か心当たりでも……」

「いやいや志野様とおっしゃるお方は知りません。ただ……」

「ただ？」

　源右衛門は、きらりとした目を送って来ると、

「もう随分昔の話ですが。玄哲先生は生涯妻を娶らぬと言いましてな、女子には縁のないお人でございましたが、一人だけ妻にしたいという方が出来まして、しかし、その方はお子を産んですぐに亡くなったのです」

「…………」

　新八郎の胸は、早鐘がなるように激しく鼓動を始めていた。

「その子は女の子でした」

「源右衛門殿……」

新八郎は、思わず身を乗り出した。

「妻にする方は亡くなって赤子が残った。しかし玄哲先生の日常は、子を育てる境遇にはない。そこで世話をする人がいて、その子は養子にやったと聞きましたが」

「名は……その女児の名はなんと」

「美野（みの）、美しい野原の野です」

「美野……どちらに養子に出したのでしょうか」

「さあ、それは……ただ、あなた様の御内儀が志野様で、玄哲先生の看護をなさっていた、そのことと無関係ではないような感じがしたものですから」

「大槻壮介殿は今どこにおられるのか、それはお聞きになってはおりませぬか」

「はい。知りません。昔の、そうですね。玄哲先生と逃避行をする前の住まいでしたら……でももうそこはひき払っています」

源右衛門は、気の毒そうな顔で言った。

「そうですか、やはり村松町では何もわからなかったのですか」

四

翌日、精三郎は筆の手を止め新八郎を迎えると、上がり框まで出てきて上にあがってくれと促した。

村松町は、玄哲の弟子大槻壮介が逃亡生活に入るまで暮らしていた町で、『田代屋』という乾物問屋の横手の木戸から入った長屋が、壮介の住まいだった。

壮介はその長屋の者たちからも、頼られ慕われていたようで、悪く言う者はいなかった。しかも彫りの深い美男子だったようで、亭主持ちの長屋の女房たちでさえ、いままであんないい男を見たことがないなどと、調べに行った新八郎に言ったのである。

長崎屋源右衛門の話では、壮介はその後も逃亡の身のようだが、長崎屋の近くを通った時には、きっと立ち寄るに違いない。もしもその時には、志野様のことについてお聞きしてみましょう。また出来ればあなた様に会って頂くように申しましょうと、長崎屋源右衛門は約束してくれたのであった。

新八郎はそれでも何か一つでもつかめればと思い、村松町の長屋に出向いてみたのだが、やはり大槻壮介の人柄以外に何もつかめなかったのである。

「いま『惰眠笑覧』を写していたところです。早く写して長崎屋に返却しておかねばと思いまして」

精三郎は言い、目を輝かせた。自分にとって大切なもの、それをひとつひとつ吸収しているという、知のなかに没頭している者の晴れやかさが精三郎の顔には見える。

「精三郎殿」

新八郎は、改まった声を出した。

「昨日長崎屋に出向いた折に聞きそびれたのだが、お夏という娘をご存じですな」

「お夏さん……」

精三郎の顔が曇った。

「その様子では、聞くまでもないようだが、お夏から頼まれましてな。なぜ私をお嫌いなのか聞いてほしいと、まあそういうことだが」

「そうですか。青柳殿のところに頼みにいったのですか……いや、私ももう少しはっきり言ってやれば良かったですね。お夏さんは美しい人ですし、そういう風に言ってくれるのは有り難いと思っています。ですが、そもそもお夏さんのどこが嫌いとかどうとかいう話ではないのです。私は誰とも所帯を持つ気にはなれないのです」

「心にある人でもおありか」

新八郎は、ちらりと見て言った。

「はい」

小さい声だが、固い意思のこもったはっきりした返事が返ってきた。

「そうか……立ち入ったことをお聞きするが、ではその人と一緒になるのか」

「いえ、一生それはない」

「なんと」

「その人は、人妻です」

「精三郎殿……」

新八郎は驚いた。

「いや、ご安心を……不義に走るとかいう話ではござらぬ。私が約束を反古にして、そのために他家に嫁入らねばならなかった菜緒殿への贖罪の気持ちです」

「ほう……その人の名は、菜緒殿と申されるのか」

「青柳殿……」

　精三郎は、沈痛な息をついた。そして静かに話を継いだ。

「私は、信濃国飯畑藩三万石の郷方役人でございました。しかし、国を追われて、この江戸に参ったものです」

「なるほど……余程の事情がおありのようだな」

「はい。飯畑藩の領地は、そのほとんどが山間部に位置しております。これといった産業がありません。主な産物は、蕎麦や麦や……紙漉もやっておりますが、つまり米の多くとれるところではございません。木材はむろん山が深くて採れますが、木は一度伐採すると再生に何十年とかかります。そういった場所で身を粉にして働く苦しい百姓の暮らしを見るにつけ、私は何かいい改善策はないものかと考えるようになりました……」

　そんな時に、精三郎が出会ったのが蘭学だった。

精三郎はつてを辿って書物を漁ったり、諸方の蘭学者に面談を乞う書状を送ったりして、その道に傾倒するようになっていった。

ところが、蘭学に対する統制が出された。精三郎は過激な蘭学傾倒者『蘭癖』だと判を押されて、目付から呼び出されて注意を受けた。

——誰かが自分を密告したのだ……。

精三郎はそう思った。精三郎が蘭学に夢中だという事を知る者は数えるほどしかいなかったからだ。

ただ、こういうことになると、それだけで精三郎の将来に暗い影がさしたも同然だった。

このままでは、郷方の平役人で一生を終える。

自分を貶めた者は、自分を密告したのは……そうだ、親友の滝田助之進に違いない、精三郎はそう思った。

精三郎と助之進は、学問所も同じ、剣術の道場も同じという、無二の仲だったが、精三郎の郷方役人に比べると、助之進は御納戸役として殿様の近くに出仕する、出世の途上にいる人間である。

その二人が、菜緒という女子をめぐって、見えないところで競いあっていた。

菜緒は、精三郎と助之進が通っていた『黒井道場』にしばらく通ってきていた勘定組頭の息子、角田喜四郎の妹だった。

二人は角田喜四郎の家に呼ばれて遊びに行ったが、その時菜緒と知り合ったのである。

喜四郎が道場をやめてからも、精三郎と助之進は、花見だ月見だと口実をつけては喜四郎の家を訪ねて行った。

面とむかって口に出しはしなかったが、二人はけっして菜緒は渡さぬという目に見えない激しい闘いをしていたのである。

精三郎が目付に呼び出されたその時とは、菜緒が精三郎に愛を告白した直後だったのだ。精三郎は確信した。

――密告は、菜緒への恋に負けた腹いせに、助之進がやったのだ……。

その思いで精三郎は怒りに我を忘れた。冷静になる余裕はなかった。

ついに精三郎は、助之進を呼びつけて決闘を迫った。

助之進は密告を否定したが、精三郎が蘭学に心惹かれていることを知っていたのは、友人では助之進だけだった。

黙って見過ごすことは出来ない、友人を裏切った者としての制裁を与えたいと思った。

だが、藩ではあらゆる揉め事において私闘は禁止されていたし、真剣で藩士同士が立ち会えば、一族郎党制裁を受けるというお定書きがあった。

精三郎は武器を真剣ではなく木刀に決めた。

それでも打ち負ければ多大な損傷を受ける。

二人ともさして剣術が出来る人間ではなかったが、ひと通りのものは身につけていた。

助之進は木刀を手にして言った。

「そこまで疑うお前も女々しい奴だ。その女々しさに菜緒さんもそのうち気づくだろう」

その言葉に、精三郎の胸はいっそう怒りに燃えた。

闘いは無言で始まった。

打ちかけられ、打ちかけて、勝負はどちらが勝つとも思えなかった。二人とももう息が上がっていた。

憑かれたように精三郎が打ちかかった時、助之進が草むらに足をとられた。

精三郎はすかさず、木刀を助之進の左肩に振り下ろした。

肩が砕けたぐしゃりという音がした。

今度は顔面を打とうと右上段の構えに入った時、

「待て、待て待て」

菜緒の兄、喜四郎がやってきた。

その時、喜四郎が仲に入って決闘はそれで終わったが、精三郎は御役御免、藩を追放されたのである。

怪我を負った助之進には、お咎めがあるにはあったが、緩いものだった。

中井の家は、精三郎が追放となったため、妹の君絵が婿をとって継いでいる。

その君絵の手紙では、精三郎が国を出てから半年後に、菜緒は助之進の妻になったということだった。

ただ菜緒は、精三郎をうらぎった訳ではなかった。妹君絵の手紙によれば、精三郎が追放された国元では、蘭学の一件もあったのに、精三郎追放の処置は甘かったのではないか、中井家は断絶にすべきだという強硬論が台頭していた。

煽（あお）り立てているのは代々重職に就く滝田家の一派だった。

菜緒が滝田助之進の妻になる決心をしたのは、滝田家一派の口封じのためだったという。

「菜緒さまは、中井家のために滝田家に嫁入ったのです」

妹の手紙にはそう結んであったのだ。

「青柳殿……」

精三郎はそこまで話すと、お恥ずかしいがそういう事ですと、短慮の末に菜緒を悲しませたその責任は、生きている限り忘れてはならないし、また忘れず暮らすことが、唯一私を支えているのだと言った。

「ですから、お夏さんのことは、どこが好きか嫌いかなどという話ではないのです」

申しわけなさそうな顔で頷いた。

「わかった。お夏にはそう伝えよう」

新八郎は、それで腰を上げた。

だが、歩みかけた足を止めて、精三郎を振り返った。

「しかし、おぬしの飯畑藩もひどいところだな。いいかげんな密訴を真に受けて〝蘭癖〟の烙印をおし、おぬしの将来を奪うとは……」

「そう思ってくれますか……」

「たかが若者が一人学問に熱中したまでのこと……野田玄哲のように、人を動かす大物というわけでもあるまいに」

「そうです、私ごとき雑魚(ざこ)が目ざめたところで、どうなるというものでもない」

「裏に何かの悪意を感じるな……」

精三郎は険しい目で頷いた。


「やあやあ、やっと会えたか。いや、今日は好きなだけ飲んでくれ。八重殿、どんどん持ってきてくれ。金ならあるぞ」

八雲多聞は、懐を叩くと、胸を張った。

新八郎が精三郎の家から帰って来ると、多聞が長屋の井戸端で、洗い物をしている長屋の女房二人を相手に、耳もとに口をよせて面白そうに笑いこけていた。

その笑い方からして、どうやら男女の卑猥(ひわい)な話題のようだった。

新八郎の姿を認めると、すぐにその袖を引っ張るようにして、両国橋を渡り、八重の勤める店に入り、酒や肴をどんと注文したのであった。

けちでみっちい多聞が、こんな大盤振る舞いをするのは初めてだったから、狐につままれたような顔で新八郎が、

「いったい何があったのだ」

目を白黒させて尋ねると、

「へへん。今までありつけたことのない、高額の手当てをもらう仕事が入ったのだ」

興奮気味の顔で言った。

「ほう、それは良かった」

「幾らだと思う?……へっへっへっ」

多聞は涎を垂らしそうな笑いをしてみせると、

「ちょこっと相手を懲らしめてやるだけで、五両だぞ、五両」

右手を突き出してぱっと広げた。

「おぬし、騙されているのではないか」

「馬鹿、馬鹿馬鹿。いいか、手つけとして二両もらってきたのだ。ほれ」

得意げに懐から二両出すと、ご丁寧（ていねい）にそれを齧（かじ）って本物だと見せ、

「これで女房に着物の一枚も買ってやれるし、がきどもに腹一杯食わせることが出来る。そこまで考えてふと思ったのだ。おぬしはどうしているかとな。飢えていないか心配になって長屋に行ったのだ。おぬしにもたっぷり飲ませてやろうと思ったわけだ」

多聞は胸を張って、はっはっはっと笑った。

「まあまあ。飲め飲め」

酒肴を運んできて呆気にとられてそこに座り、二人の様子を見ている八重の前で、多聞は新八郎の盃（さかずき）にどんどん注いだ。

「危ない仕事ではあるまいな、多門、よく仕事の中身を聞いた上で受けたほうが」

「しつこいぞ新八郎、俺を信用しろ。まっ、お前も誘ってやりたいがそうもいかぬ。この酒で許せ」

自分もぐいとやり、

「しかし何だな、何故そんな時化（しけ）た顔をしているのだ」

「いろいろあってな……」

「いろいろとは……」

多聞は余裕の目で見つめて来る。

「ふむ」

新八郎は、ここ数日、妻の行方を追って調べていたのだと、かいつまんで話した。

むろん、精三郎という人物が蘭書を長崎屋から借りて写しているなどという事は話さなかったが、志野が蘭学者の玄哲なる御仁と、何か深いかかわりがあるに違いないと、そういう思いが強くなったのだと告げた。

そもそも浄瑠璃長屋の住人となったのは、失踪した妻を捜すためだということも――。

多聞も八重も、神妙な顔で聞いていたが、繋がるかにみえた点と点が、またとぎれてしまったと、新八郎が気落ちした顔で話し終えると、

「やっぱりそうか。俺はお前には、きっと何か深い事情があると踏んでいたのだ。そういうことなら、俺が必要な時はいつでも言ってくれ」

多聞は言った。八重も静かに頷いた。

「でも、ご新造さんはお幸せなかた……そうまでして旦那様が捜してくれるなんて。きっと巡り合えます。私はそう思います」

八重は言ったが、心なしか寂しげに見えた。

五

どこかで悲しげな蟬（せみ）の声がする。

カナカナカナ……。

精三郎は、静かに筆を置いた。

『惰眠笑覧』を写し終えたのだ。

西日が軒に落ちている。今日は食事も摂（と）らずにずっと書き続けていた。

ようやく写し終えたこの時に、カナカナ蟬の声を聞く。

懐かしくて、胸の締めつけられる思いがした。

そう、あの日、国を追われて峠に立ち、振り返って国の緑を目に焼きつけたあの時も、カナカナ蟬は鳴いていた。

精三郎は瞑目(めいもく)した。

忘れようとしても忘れられない一場面がある。

裁着袴(たつつけばかま)に菅笠姿の精三郎が、国境(くにざかい)にあるひと抱えもある大きな楠(くすのき)の木にさしかかった時、

「精三郎様……」

幹の向こうから旅姿の女が姿を現した。

菜緒だった。

——菜緒殿……。

思わず走りよろうとする心を、精三郎は引き止めた。

菜緒は目に涙をためて、じっとそこに立っていた。

精三郎が手を差し出せば、そのまま一緒に国を捨てて従うつもりで家を出てきたようだった。

抱き締めてやりたい衝動にかられながらも、精三郎は無視するようにその場を通り過ぎた。

胸が締めつけられるように痛かった。

しかし、途方もない旅に菜緒を連れ出す訳にはいかなかった。

菜緒への思いを断ち切るように足早に背を向けた時、

「ああ……」

菜緒の泣き崩れる声を聞いた。

精三郎はそれをも振り切って峠に向かったのである。

楠の見えなくなる坂にさしかかろうとしたその時、精三郎は首だけ後ろに回して楠の下を見た。

ひょっとして、菜緒が自分の後ろをついて来てくれているのではないかと、そんな思いが過ぎったのである。

菜緒は一途な性格の女子だった。

旅支度をして精三郎を待っていたのなら、黙ってついてきているに違いない。そんな思いもあった。

だが、精三郎の後ろには、人っこ一人、やって来る者はいなかった。

楠の下の生え茂る草むらに、菜緒の白っぽい着物の固まりがちらと見えただけだった。

精三郎は激しい喪失感に襲われていた。

――あれから二年。

精三郎の思いは、いつもそこで終わりを告げる。

ただ、なぜあの場所までやってきていた菜緒が、自分を追いかけてこなかったのかという疑問が起こる。

精三郎は、長い眠りから突然覚めたように顔を上げた。

――そうか……青柳殿の言った、裏に何かの悪意を感じるというあの言葉は……

確かにそうだ。

精三郎は、今はっきりと、楠の木の幹の後ろに、菜緒を見張っている人物がいたことを確信した。

――あそこにいたのは、菜緒の兄の喜四郎だ。

俺の追放は、もしかすると蘭学に熱を上げていた事でも、私的な決闘に走ったことでもなかったのかもしれない。

一つの粗筋が、精三郎の頭の中に浮かび上がってきた。

それは、精三郎が見回っていた村の中に、御用紙を漉く『三上村』があったが、その村で紙をめぐる不祥事が起きている事を、精三郎は気づいていた。

三上村で精製された紙は、仲買人の常五郎によって紙会所に集められ、藩で使用される分を除いて他藩に販売され、その金は常五郎の仲介料を差し引いて、勘定方におさめられる。

紙は、蕎麦や麦、豆などの雑穀に比べると、藩としては収益の上がる産物で、それだけに藩も力を入れていた。

特に美濃紙に匹敵する御用紙は、その販路を広げつつあった。

ところが、ある農民の訴えによると、常五郎と紙会所の人間は、紙の生産高を操作して、勘定方と結託して、その利をむさぼっているというのであった。

飯畑藩は三万石である。

おおよそ毎年年貢として徴収されるのは一万二千石、金額にして一万両あまりだが、紙は毎年三千両近い利を生み、藩庫を潤していた。

その不正とあっては、郷方役人として黙ってはおられぬ。

精三郎が独自に、会所役人や常五郎たちの不正を調べはじめたその時に、蘭学うんぬんなどという理由で、藩の不満分子のような烙印を背中に捺されたのであった。

――角田喜四郎……菜緒の兄が不正にかかわっていたのだ。

精三郎のような人間に、うろうろされては身の破滅。妹を巡って精三郎と助之進が鞘当(さやあ)てしていたことを知っていた喜四郎は、それを利用したのだ。

紙の不正の一件がなくとも、どちらの家に妹を嫁にやれば家のため、妹のためになるか、答えは明白である。

菜緒の兄が、密告の仕掛人、精三郎追放の張本人だったのだ。

菜緒を精三郎のもとにやってはならぬ――。

喜四郎は、菜緒をあの楠の下で、厳しく監視をしていたのだ。お前が精三郎に従ったら、精三郎を斬る。それぐらいの事は言っていたのかもしれぬ。

菜緒は、あの場所から身動き出来なかったのだ。

ようやくここに至って、あの時の謎が解けた。

――助之進、すまぬ。

精三郎は、遠い故郷にいる傷つけた友人に改めて謝った。

その時であった。

「ごめん下さいまし。こちらは中井精三郎様でございますか」

戸口で声がした。

「中井だ。誰だね」

精三郎は土間に降りて戸を開けた。

「私は飯畑藩御用達呉服問屋『松代屋』の者でございますが」

客は商家の手代だった。それも国の御用達商人の手の者のようである。何事かと見返すと、

「お国から江戸に参られて、本日さる宿に宿泊なされている御内儀から預かってきたものです。お受け取りトさいまし」

手代は油紙に包んだものを出した。

「国元からの者だと？　暫時待て」

精三郎は、上がり框まで戻って、そこで油紙を取り払った。

中には手紙が入っていた。

送り名に菜緒とあった。

どきりとした。瞬く間に心の臓が高鳴った。

だが、精三郎は平静を装って、

「確かに受け取った」

松代屋の手代に言った。

「では……」

手代はそれで、赤茶けた西日が斜めに差し込む長屋の路地を、小走りして帰って行った。

精三郎は手代を見送ると、慌てて部屋にあがって、手紙の封じ紙を切った。

懐かしい菜緒のやわらかい文字が並んでいた。

「突然お手紙をさしあげてさぞ驚かれている事と存じます。あなた様のことは、人をつかって、お住いや暮らしぶりは聞いておりました。他でもございません。明後日、お会いしたく……」

精三郎は、その文字が信じられなかった。

菜緒は人妻だ。

精三郎は、手紙を握り締めたまま、呆然(ぼうぜん)とした。

精三郎が神田の花房町にある料理屋『鶴屋(つるや)』に入ったのは、八ツ頃だった。

「こちらでございます」

案内に立った女中は、精三郎を上にあげずに、いったん玄関の外に出て先に立った。

玄関に向かって延びている石畳の横手に網代垣があるが、女中はその戸を開けて、精三郎を促したのである。

網代垣の向こうには、手入れされた庭があった。

その庭を突っ切って奥に進むと、離れ屋があり座敷は二つあった。

一つは縁側に面した障子を開け放してあり、客の気配はなかった。

そうしてもうひと部屋の障子は閉まっていた。

女中はそちらを目顔で指して、

「お話がお済みになりましたらお知らせ下さいませ」

そのままそこから戻って行った。

精三郎は、女ものの草履がそこに揃えてあるのに、どきりとした。

菜緒の草履に違いなかった。

精三郎は、自身の草履を、女の草履からは少し離して脱いだ。

呼吸を整えると縁側に上がり、

「ごめん」

障子戸を開けた。

「精三郎様……」

白い顔が目に飛び込んで来た。

「おひさしぶりでございます」

菜緒は、両手をついて出迎えた。

別れてから二年の月日が過ぎている。

その二年の間に、菜緒は驚くほど変わっていた。

腰にも腿にも肉がついていた。人妻らしく丸みを帯び、頭を下げた折の襟足から覗いた白い肌は、艶(つや)やかに光っていた。

——この人を、助之進が女にしたのだ……。

ふとそう思うと、目を背けたくなった。しかし一方で、その禁断の果実に触れてみたいと思えるほど、菜緒は芬々(ふんぷん)と成熟した女の色気を漂わせていたのである。

「本当に、お会いしとうございました」

菜緒は震えた声で言い、顔を上げた。

黒い瞳が熱を帯びて潤んでいる。

精三郎はつとめて平静を装って着座した。

「菜緒殿、いったいどうされたのだ。なぜ江戸に参られた」

押し殺した声で尋ねた。

「夫が亡くなりました」

菜緒は目を伏せた。

「何、助之進が亡くなった……」

「はい。四十九日の法要もすませました」

「何故亡くなった」

「心の病です」

「心の病？……」

「同輩の方に先を越されて、もう栄達の道も閉ざされたと、ずっと塞いでおりました。まるで抜けがらのようになって……」

「まさかあの折の古傷のせいではないだろうな」

「…………」

「そうなんだな。私と決闘した時の傷だ。助之進の片腕は肩が壊れた。そのために出世に遅れをとったのではないか」

「心の病です」

菜緒は、言い切った。

「お子は？……どうされた」

「まだでした」

「そうか……」

「精三郎様、私はもうひとりです。あの人の両親も、私に家を出なさい、他家に嫁ぐようにと……」

菜緒はわずかに膝を寄せてきた。

「この江戸に参られたのは、何のためか」

精三郎は突き放すように言った。

「わたくしを側においていただきとうございます」

菜緒は手をついて精三郎を見上げてきた。

あの、国境の楠の木の下で見せた、縋るような哀しげな目の色だった。

「それは出来ぬ。出来る訳がない」

「何故です」

「もう帰りなさい。国元にお帰りなされ」

精三郎は厳しく言った。声は震えていた。

「何故です。その訳を言ってくださるまで、帰れませぬ」

「菜緒殿……」

精三郎は真っすぐ菜緒を見た。

郷方での紙の不正、それを調べようとしていた矢先に藩から追放されることになった我が身の不運……それらは菜緒の兄に嵌められたのではないかという疑念。

そして、その背後にある悪意に気づかないまま起こしてしまった助之進との決闘、そのあげく助之進を傷つけてしまった痛切なる自責の念。

それらを菜緒に説明しようとしたが、精三郎は口をつぐんだ。

悪意の主が、目の前のこのはかなげな女の兄だと告げることは、精三郎にはどうしても出来そうになかった。

菜緒をさらに苦しめることになると思ったからだ。

精三郎は心を鬼にして言った。

「訳は……そなたへの愛情は、もう失せた」

「………」

菜緒は絶句して見詰めた。

「そういう事だ。帰りなさい」

精三郎は立ち上がって障子を開けた。だが、

「誰だ、お前は……何をしている」

縁先に立つ町人の男を見て驚愕した。

男の手には二人の草履が抱き抱えられていた。

「それは私たちの物だ、そこに返しなさい」

精三郎が厳しい声で言った。

だが男は、いったんは精三郎の語気にたじろいだようにみえたものの、にやりとして、

「不義の証拠、お預かりいたしやす」

「待て、不義ではないぞ、誤解するな」

「はて、誰が見てもそちらにいらっしゃるのは他人の御内儀、こんな場所で男と女が密会すれば、それは不義でございやしょう」

「お前は誰だ。何のためにこのような……」

精三郎が問い詰めるより早く、男は踵を返して、さきほど精三郎が入って来た網代垣の方に走った。

「待て！」

精三郎は素足のままで後を追った。

男が網代垣の戸を開けて外に出た。

突然、網代垣のところで鈍い音がした。

「これは……」

外に出た精三郎は、立ち尽くした。

男の腕を捩じ上げた新八郎がそこにいた。

「青柳殿……」

「おぬしの態度が尋常じゃない、仙蔵が今朝、俺のところにそう言ってきたのだ。

長屋に出向いたら、思い詰めたおぬしが出かけて行くところだった。俺が尾けているのに気づかなかったらしいな」

「助かりました、この通りでござる」

精三郎は頭を下げた。

「誰だ、この者は？」

新八郎が聞く。

「それが、見当もつきません」

「ふむ」

新八郎は、捩じ上げている手に力を込めた。

「いててて、離してくれ。ほ、骨が折れる」

「じゃ、吐くんだな。なんのために、誰に頼まれてやったのだ」

「へ、へい。あっしは筆屋福田屋の若旦那、佐七の幼友達でございやす」

「何、福田屋の佐七だと」

「へい」

「いったい、何のためだ」

「その旦那の弱みを、なんでもいい、集めてこいって、礼はたっぷりするからと……」

「そうか……わかったぞ。お夏がこちらの旦那に心を移したと勘違いしての、その腹いせか」

「まぁ、そんなところで」

「帰って若旦那に伝えろ。中井精三郎はそんな男ではない。二度と中井殿に卑劣なことをしてみろ、俺が許さぬとな」

「へ、へい」

「仮にも中井殿には駒形町の小料理屋で助けられた人間ではないか。いいか、それほどお夏を好いているのなら、自身の手で堂々とつなぎ止めろと、それも伝えるのだ」

「わ、わかりやした」

「わかったら、その手にある草履をここに置いて立ち去れ」

「へい、どうぞごかんべんを」

「おお、そうだ。お前の名を聞いておこう」

「へい、あっしは、佐七とはガキの時からの友達で、辰次といいます」

「よし、行け」

新八郎が突き放すと、辰次は転げるようにして、去って行った。

「青柳殿……」

精三郎は、改めて頭を下げた。

六

堀江町四丁目の親父橋の袂に『武蔵屋』という蕎麦屋がある。

八雲多聞はその二階で、もう半刻は一人で酒を飲んでいた。

仕事の手当てとして、手つけを貰ったのも、この武蔵屋の二階だった。

いよいよ悪人に一撃を頼みたいと連絡があったのだ。

多聞は勇んでやって来た。

先に貰った手つけの二両は、溜まっていた家賃を払い、米、味噌代を払い、飲み屋の借金を払って消えた。

残り三両が手に入る日を待ち望んでいたのである。

半刻待とうが一刻待とうが、少しも苦痛ではなかった。それに、幾ら酒のお代わりを頼もうが、支払いをするのは多聞ではない。

雇主には、ゆっくりやって来て欲しいぐらいである。

「んっ……」

酒が切れたのを、耳もとで銚子を振って確かめると、

「女将（おかみ）！」

大声を出した。

多聞の声はどら声で大きい。腰を上げて障子を開けて呼ばなくても、女将には聞こえただろう。

「お待たせしました」

すると、女将と一緒に、多聞の雇主、筆屋の若旦那の佐七と辰次という男が入ってきた。

「八雲様、いよいよでございます」

佐七は腰を低くして座ると、辰次も側に座った。

「先生にお出まし頂く場面は二回ございますが、それで宜しいでしょうか」

佐七は如才なく多聞に酒を注ぎながら、にやりとして言った。

「お夏という女子を取り戻したい、そういうことだったな」

「さようでございます。お夏さんがなぜ私から遠ざかって行ったかとつらつら考えますと、駒形町の小料理屋で、言い掛かりをつけてきたお侍たちのいいなりになったせいだと……」

「多分な」

「はい。ふがいない男だとうつったのだと存じます」

「まぁ、そんなところだろうな」

「そこで、私が命を投げ出してでもお夏さんを救おうとする強い男だと知れば、また私に心が戻ってくるのではないかと考えます」

「うむ、まあな」

多聞は曖昧な返事をした。

佐七の考えどおりになるとは限らない。相手があってのことである。

下手に相槌を打って「八雲様もあの時うまく行くとおっしゃったではありません

か」などと、当てが外れた時に言われても困る。

しかし、だからといって、馬鹿げた思いつきだなどと本音を吐こうものなら、多聞は雇主を失うことになる。

あくまで慎重に神妙に、多聞は返事したのであった。

「ここ数日、私はいろいろと勉強してきました。いろんな本も読みましてね、ひとつい案が浮かびまして」

「なるほど……で、その案とはどういうものだ」

「先程も申しましたように、私の強さをお夏さんに知らしめることが大切です。もちろんこれには、あなた様にも加わって頂きますが……」

「ふむ。してその中身は」

「はい、こういうのはいかがでしょうか」

佐七は身を乗り出して言った。

その話とは――。

毎年この月には、回向院で大施餓鬼が行われるが、お夏の家は蠟燭問屋である。

この時、夕刻より境内の一角に蠟燭を立て巡らせて、御霊（みたま）にささげるという供養を厳（おごそ）かに執り行う。

蠟燭といっても、その日灯（とも）される蠟燭は、見たこともないようなどでかい蠟燭やら、これまた火をつけるのがかわいそうなほど小さな蠟燭、絵蠟燭に花蠟燭と、さまざまな蠟燭が灯される。

実はこの蠟燭供養は、蠟燭問屋『大津屋』の威信をかけた大宣伝もかねているのであった。

なにしろ御開帳となれば、昼も夜もものすごい人出となる。

お夏もこの蠟燭供養を毎年見物がてら手伝うのだという。

佐七はそこまで話すと、してやったりというような笑みをたたえて胸を張った。

そして話を継いだのである。

「お夏さんは今年も必ず行く、確かにそのように言っておりましたからね。そこでです。ひと芝居打って頂きたいと存じまして」

多聞を緊張した顔で見た。

「それがお前が考えた芝居だというのだな」

「はい。つまりこういう事です。境内にやってきたお夏さんに、この辰次が集めた似非ごろつきたちが、因縁をつけて無理やり境内から連れ出そうとするんです」

「うむ」

「そこへ私が現れましてね。そのごろつきどもを、こてんぱんにやっつける」

「ちょっと待て、俺の出番は、そのごろつきの仲間かな」

「いえいえ。もっと大事なお役がございまして」

「なるほど……」

多聞は銚子を傾けた。

――誰もが考えるこんな子供だましの話はうまく行く訳がない。

第一、昨年も同じような話があって引き受けたが、事前にそれが悪人共にばれ、たいへんな騒ぎになったことがある。

――何がいろいろ考えただ。

じろりと佐七を見るがそこはそれ、口には出さぬ。

「やっ」

多聞は小さな声を出した。どうやらまた銚子は空になったようだ。

て行った。

「気がつかなくてすみません。おい辰」

佐七は辰次に、酒のおかわりをもってこいと促すと、辰次は銚子を取り上げて出て行った。

「実はですね。あの辰次は、中井精三郎というお侍の家を知っています。中井の旦那という人は、亀井町の裏店に住んでいるようですが、この旦那に、どうしてもお夏さんが助けてもらいたいことがあるなどという手紙を送りつけましてね。そうです。もちろん、大袈裟なことを書き送って回向院まで呼び出すんです。そして二人が会っているところを襲うって段取りですが、中井の旦那の方は先生にやっつけてもらいたい。何、やっつけると言ったって、押さえつけて身動き出来ないようにする、それでよろしゅうございます。その間に私は、お夏さんを襲った似非ごろつきたちをけ散らすという訳です」

佐七は、もう成功したような顔をして頷いた。

「それでですね、その後で中井の旦那を、私の許嫁を誘惑した男として皆の晒者にするんですよ。また、お夏さんには、この男は人妻と不義をしているとバラしてやります。証人は辰次です。いくらなんでもそこまで中井の旦那の泣きどころを見せつけたら、お夏さんも嫌になるに違いありません」

「なるほど、よく分かった。だがな佐七、言っておくが、本当に中井という浪人は悪い奴なんだな」

「はい」

「それならいいが、いずれにしても、あんまり手荒なことはせぬようにな」

「心得ています。ただ」

「ただ……」

「中井という浪人には、滅法腕のたつ浪人がついておりまして」

「ほう……」

「その浪人が中井の旦那にくっついて来たりしては、すべての計画はおじゃんになります」

「つまり、その浪人を俺にやれと、そういう事か」

「さすがは八雲様。昼間のうちにやっつけておけば、その日の夕刻の蠟燭供養の折には安心して謀（はかりごと）を行えるというものです」

「わかった。まずはその腕のたつ浪人をやっつけるんだな」

多聞は念を押した。さすがにもう酔いもまわって慎重さも失せかけている。

一方の佐七は、調子にのって、

「旦那。腕の一本もねじってやって下さいまし。本当にお願いしますよ」

必死の顔である。

「案ずるな。あっという間に片づけてやるぞ」

「ありがとうございます」

「それで、場所は」

「柳原の土手に、明日の正午にお出かけ下さいませ」

「承知した」

「間違いのないように、必ず相手の浪人を呼び寄せておきますから、よろしくお願い致します」

佐七は、手をもむようにして言った。

「旦那、旦那をこんなところに呼び出すなんて、いったい、どこの誰なんでございやしょうね」

仙蔵は、懐から手ぬぐいを引っ張り出すと、首筋をあらあらしく拭いて、また懐にねじ込んだ。

太陽は真上から、じりじりと照りつけている。

柳原土手は青く茂った柳の枝が風に揺れ、清涼感はあるにはあるが、二人が立っている場所は、草いきれがむんと鼻をつくほど暑い。

蟬が激しく鳴いている。

新八郎は仙蔵を促して、紅葉の木の下に移動した。

紅葉は土手中程に自然生えしたものだが、そこにはひとたまりの涼しげな影を作っていた。

なぜこんな所に突っ立つはめになったのか、新八郎にはいまだよく分からないのだ。

朝起きたら、走り書きの呼び出し状が差し込まれていた。

その内容は、正午に柳原土手にこなければ、中井精三郎の身にたいへんなことが起きる、そう書いてあった。

送り名はなかったが、精三郎の名が書かれているとなれば放っておく訳にもいかず、新八郎は、呼び出された通りの時刻にここにやって来たのである。

精三郎の窮地を、料理屋鶴屋で救ってやったのは一昨日のことだった。

あの後、新八郎は精三郎と共に密かに国から出てきたという菜緒に会っている。

菜緒は、美しい女だった。

予想もしなかった騒動に、菜緒は肝を潰したようで、血の気のない白い顔をして座っていた。

精三郎が黙って菜緒の草履を踏み石の上に揃えてやると、菜緒も黙って草履を履き、小さく会釈して肩を落として帰って行った。

その時、新八郎は無言のままの虚ろな二人の別れの底にある、確かなものを嗅ぎとっていた。

「送らなくていいのか」

空しい空気が流れているのを知りながらも、新八郎は心配して精三郎に聞いた。

しかし、精三郎は口を固く結んだまま見送るだけである。

新八郎はすぐに菜緒の後を追っかけたが、菜緒は店の前から町駕籠に乗った。

「明日国に帰ります。精三郎様にはそのようにお伝え下さいませ」

見送りに出た新八郎に、菜緒は震えるような声で言った。

菜緒の目に、深い哀しみの涙が揺れていたのを、新八郎はしっかりと見ている。

新八郎が複雑な思いで部屋に引き返して来ると、精三郎はひとしきりの沈黙のあとに、ようやくすべてを語ったのである。

その精三郎にまで、今夜回向院に来なければ、お夏がたいへんなことになるなどという手紙が届いていることも分かった。

つまり新八郎には精三郎の名を出して呼び出し、精三郎にはお夏の名を出して呼び出しているのだった。

二つの呼び出しには何か関連があるに違いない。

そこには脅迫的な言辞をもてあそぶ卑劣な顔が浮かぶようである。

新八郎は、憤りを感じていた。

茅の葉の上を走るように跳ね返す白い眩しい光に、目をすがめて眺めていると、前方川上の方から、数人の男がゆっくり歩いて来た。

一人は佐七、そしてもう一人は、一昨日腕をねじ上げた辰次だった。

そしてもう一人、見知った顔が……。

——何だあれは……。

新八郎が驚いて目を剝いたのと同時に、仙蔵が叫んだ。

「旦那、あの旦那は、多聞の旦那じゃありませんか」

「とうとう、よからぬ連中と組むようになったのか。行くぞ」

新八郎が、紅葉の陰から出て、土手を走り降りると、

「やや、新八郎。おぬし、どうしたのだ、こんなところで」

多聞がびっくり眼で見た。

「馬鹿、おぬしこそ、何をやってるのだ」

「何をって、仕事だ。言っていたろう、割のいい仕事が入ったと」

多聞は言った後で首を捻った。

そしてはたと気づいて、後ろに下がった佐七に聞いた。

「佐七、滅法腕のたつ浪人というのは、この男のことか」

「そうです。その男です」

「あきれ果てた奴だ。おい、いいか。相手を選べ、相手を……この男には逆立ちしても勝てやしねえぞ」

「だ、旦那……」

「許せぬ」

多聞は、怯えている佐七と辰次の側にづかづかと歩み寄ると、二人の首根っこをがっしりと両手でおさえた。

「新八郎、どうする。こいつら、川にでも投げるか」

多聞がにやりとして両手にある二人を見た。

「そうだな。よかろう」

「よし」

多聞は、佐七を新八郎に渡した。

二人はそれぞれ、佐七と辰次をずるずると引っ張って、川岸に向かって行く。

「お許し下さいませ。旦那、お許しを……」

「た、助けてくれ」

佐七の声が、辰次の声が、河岸に響いた。

「まったく、馬鹿な野郎どもだぜ」

仙蔵はくすくす笑って、ひとりごちた。

七

「さあてお立ち会い。お目にかけますこのガマは、そんじょそこらのガマではござらぬ。江州（ごうしゅう）は伊吹山（いぶきやま）のおんばこの露草を食べて育った四六のガマ。四六と五六がどこで分かれているかというと、前足が四本、後ろ足が六本……」

回向院の境内に、多聞のガマの油売りの声が響いている。

多聞は、さきほど残り金三両の仕事をふいにしてしまって、仕方なくまたガマの油売りをやっている。

「ふむ」

御開帳の警備の交替を終えた新八郎は、帰宅するために門に向かっていたが、池の端に多聞の姿を見て、ちょこっと手を上げて合図した。

これから帰るぞという合図である。

多聞は、いまいましそうな顔をして見送ったが、汗をふきふき、

「一枚が二枚、二枚が四枚……」

口上で新八郎の背を見送った。

「青柳殿」

新八郎は、門を出たところで呼び止められた。

精三郎の声だった。

「これは精三郎殿……」

あれから数日が経っていた。

どうしているのかと案じながらも、回向院の御開帳の警備で訪ねることが出来なかったが、精三郎は元気な顔をして立っていた。

「大槻壮介殿の行方ですが、小耳に挟んだことがございますので、お知らせに参りました」

「何、潜伏の場所がわかったのか」

「いえ、それはわかりません。京の高瀬川を下る船で見たという人がおりまして」

「誰だね、いつのことだ」

「それが、去年の秋だということです。見たのは京のカピタンの宿の人です」

「京の宿……で、大槻は一人だったのか」

「残念ながらそのようです」

「………」

「私も明日、長崎に参ろうと思います」

「明日？　どういう風の吹きまわしだ」

「私は医者になろうと決心致しました。医者になって国に帰ります。その時、あの人が元気で、一人で暮らしていれば……」

精三郎は、そこで口をつぐんだ。

「そうか、それがいい」

「お世話になりました。それで、長崎に行けば蘭学を学ぶ仲間も多い筈。玄哲先生のことも、大槻殿のことも、ここにいるよりはわかるかもしれません。もちろん、青柳殿の御内儀について何かわかればと願っているのですが」

「かたじけない……中井殿」

新八郎は、精三郎の手を取った。

精三郎も新八郎の手をとった。

互いに胸の内で、互いの事情に思いを馳せながら、熱い血を確かめた。

――大槻壮介の居場所が分かれば、妻の志野の居場所もまた……。

新八郎は一縷の望みを、ほんの一瞬だが持った。精三郎の行く先に、かすかに志野の姿を見たような気がした。

しかし、それもやはり幻……確たるものがある訳ではない。

現実にひき戻され、空漠たる思いにとらわれながら元町の浄瑠璃長屋に帰ってみると、新八郎の家の前に、八重と、八重に対峙しているように立つお夏の姿があった。

お夏は新八郎の姿を見ると、にこにこして駆け寄って来た。

「これはお夏ではないか。筆屋の若旦那との決着もついたと聞いたぞ。良かったではないか」

「ええ、青柳様の、いえ、新八郎様のお陰でございます」

「いやいや、しかし、中井精三郎殿は江戸を発つらしい。気の毒だが諦めろ」

「はい、もうとっくに」

「ほう」

あまりの変わり身の早さに驚くと、

「だって私、新八郎様をお慕いしていますから」

さらりと言った。

「な、なに」

「精三郎様よりお強いお方、こんな気持ちになったのは私は初めてです。でも、こちらの八重さんですか、おっしゃるのには、新八郎様の心には、ずっと奥様がいらっしゃるとか……」

「ふむ」

「でもいいんです。私、諦めませんから……実のある男の証拠……そうでしょう」

お夏は、いたずらっぽい笑顔でそう言うと、八重に静かに頭を下げ、しずしずと帰って行った。

「申し訳ありません。よけいなことを言ってしまって……」

八重は困った顔で言い、謝った。

「いや、いいんだ」

新八郎は苦笑して頷いた。

「では私も、今からおつとめがございますから」
八重は、踵を返して長屋の木戸に向かっていった。
新八郎は、八重の品のよい背中を見送って、空を見上げた。
西日が雲を茜(あかね)色に染め上げていた。
カナカナカナ。
ふと、新八郎の耳に、ひぐらしの鳴き声が聞こえて来た。

—本書のプロフィール—

本書は、二〇一四年十月に徳間文庫から刊行された同名作品を、加筆改稿して文庫化したものです。